El corredor

o Las almas que lleva el diablo

ALEJANDRO VÁZQUEZ ORTIZ

El corredor

o Las almas que lleva el diablo

RANDOM HOUSE

Papel certificado por el Forest Stewardship Council®

Primera edición: septiembre de 2023

Printed in Spain – Impreso en España

ISBN: 978-84-397-4225-8
Depósito legal: B-22.444-2022

Impreso en Liberdúplex
(Sant Llorenç d'Hortons, Barcelona)

RH 4 2 2 5 8

Para Ana Luisa,
siempre

I'm soaring, freefalling,
with all emotions roaring.
Like lighting, like thunder,
I'll rip the world asunder.

JUDAS PRIEST, "All Fired Up"

Esto es un muerto. La idea te golpea sin palabras, una colisión por alcance. Está frente a ti. Casi dentro de la cabina. Su rostro, su cuerpo entrevisto en el humo del radiador que vierte el refrigerante sobre la máquina que humea. La piel florece en escarlata debajo del parasol. Abre su frente ante ti. Amapola podrida. Es una mujer. Sus órganos blandos tiritando sobre el motor te lo descubren. Te observa desde el fondo de donde miran los muertos. Sus ojos quietos resplandecen en humor pacífico, en el borde de la ternura, como si viera un niño o una mascota. Sigue el humo bombeando hacia adentro y hacia el cielo, empujando la vista al blanco, como si el rojo de la sangre que baja, el parabrisas hecho confeti de plata en tu regazo, el ardor eléctrico de tu pierna izquierda, fueran el producto de una visión celestial. La mujer te resulta vagamente conocida, aunque no puedes traer al lenguaje su nombre. Te lleva y te trae esa certeza. Tampoco tienes aliento en el pecho. Tu cuerpo tiembla y se retuerce con el crepitar de un relámpago roto que nace de los nervios abiertos de tu pantorrilla izquierda. Los limpiaparabrisas funcionan y martillean la sien del rostro congelado de la pasajera súbita, en lo que no sabes si es pasmo, horror o avenencia. Intentas abrir la portezuela, pero el acero intrincado lo impide. El metal del embrague se desliza debajo de tu carne. Todo el plástico del tablero y el volante se comprimen. Las entrañas huecas de la camioneta crujen, el cortafuego reventado permite ver el motor uve seis, tosiendo aún. Esto es un muerto. Y la blancura del humo se vuelve más densa, no sabes si es incendio o vapor, pero su rostro hierático, como arquetipo de virgen, te sigue mirando. Algunas esquirlas reposan en sus cabellos y los pliegues nuevos de su rostro producen inéditas formas de la quietud. Tiene nuevas aberturas: la más grande es una herida horizontal en la frente que dobló el marco del techo. Más humo. Más blanco. Sus despojos mutilados enseñan su interior transparente. Sugiere una intimidad amorosa. El motor sigue tosiendo, acelerando, brota nube, neblina, vapor que crees que se llevará el cuerpo que yace en ese altar mecánico, junto al cofre arrugado como una hoja de papel. Hay un silbido de llanta pinchada, de silbato de tren, de viento que escapa. La reconoces de súbito en esa nueva postura que entrega la muerte. Su nombre resuena en ti como un martillo. Su rostro demudado adquiere la familiaridad de los vecinos. Tragas el grito con un coágulo de algo que te llena la boca. No haces ruido. Esto es un muerto y el horror te atenaza, pero no por verla, sino porque sus labios frente a ti parecen tranquilos, entreabiertos, meditando algo que va a decir y tú no podrás ya escuchar.

ACERERO

Catch the play now, eye to eye.
Don't let chances pass you by.
Always someone at your back,
binding their time for attack.

JUDAS PRIEST, "Steeler"

1

Él dijo que lo esperara para comer.

Carolina mira el reloj de su teléfono. Se sienta en la mesa de la cocina.

Todavía no decide exactamente cómo le dirá que lo abandona. No sabe si será una gran pelea o él, como de costumbre, se quedará callado. Si intentará detenerla. Si formulará promesas de que todo va a cambiar. Tampoco está segura de qué hará si llegan a eso. Si aceptará. Si negociarán una última oportunidad.

Espera. No le ofrece de comer a la niña aún. Deja que se entretenga con la televisión encendida. No hay mensaje, ni llamada. La pequeña juega con unos carritos en el suelo.

Mira al perro. Está echado de lado, dormido.

Carolina se levanta. Aprovecha el tiempo para secar los platos y colocarlos en las gavetas. Despega las tortillas, pero no las pone en el comal. Sirve la mesa. Corta limón y pone una jarra de agua fresca.

Por encima de la televisión se meten los gritos de unos niños que pelotean en la calle. Se levanta y revisa la cacerola que se entibia. La niña sigue de rodillas. El perro, inmóvil. La luz grisácea se abre paso entre las nubes deshilachadas hasta iluminar el interior de la casa. Junto al pasillo hay dos maletas hechas con ropa suya y de la niña. El día afuera está lleno de viento y de neblina que se pasea con velocidad a ras de la autopista y la falda de la montaña. Cree que podría llover, pero los días blancos ya no tienen significado en la ciudad.

La mujer observa a la niña en el sillón. Le molesta que pase tanto tiempo ante las pantallas. Quisiera que jugara más. Odia el silencio de esa casa. A Carolina se le hunden las palabras en la boca. Toma el secamanos y lo restriega. Odia los automóviles. Son una pérdida de tiempo y de dinero. Odia la camioneta, el motor uve seis que está abandonado en la cochera, el olor de las camisas de su esposo a aceite quemado. Hace mucho que abandonó la idea de discutir. Si él no entendió después de su accidente, los reproches no servirán de nada.

Él habla poco y sus palabras suenan a sentencias. Si llega tarde, avisa. Por eso le extraña que aún no tenga noticias suyas. Revisa de nuevo el celular, la hora, los mensajes. Es suficiente.

—¿No quieres venir a comer? —lo dice para que deje la televisión.

La niña acepta. Se levanta y va hasta donde su madre ya está sirviendo en un plato hondo de plástico una cucharada de puré de papas.

Sobre los juegos de los niños, el goteo del agua en el lavadero y el sonido de la cuchara al rascar la cacerola, se oye un rechinido de llantas.

Suena lejano. Después un impacto de estrépito, acompañado del retumbo del metal y el vidrio. El perro levanta la cabeza y mira a la puerta. Un claxon se queda pegado. Carolina en un principio no hace nada. Se queda en silencio. El choque es en la autopista. Consulta el reloj.

Camina hasta la puerta. No sabe para qué, agarra el teléfono y sin dudar marca el número de su esposo mientras sale al porche. Al abrir la puerta el perro aprovecha para salir a husmear a la calle. Carolina mira el terraplén frente a la casa que se eleva una decena de metros en un montículo hasta que inicia la autopista a Saltillo.

El claxon horada las paredes de los cerros con cuevas blancas. Se encima con el tono de llamada en su oído. Ha visto suficientes tráileres en llamas.

El perro husmea en la basura del vecino. No se ve nada desde ahí. La mujer no sabe si los niños han dejado de jugar o si el sonido del claxon lo tapa todo. Hay neblina en la carretera. El teléfono en su oreja timbra, pero nadie contesta.

Desiste.

Mira hacia arriba. Sólo ve el montículo en donde sobresalen raíces, matorrales y algo de basura, y encima de todo una columna de humo negro aparece. Después la nube tupida que borra el cerro. Otros vecinos salen.

La bocina no termina de sonar. Llama al perro para que vuelva. El animal la ignora. Al darse media vuelta para entrar a casa, ve en el umbral de la puerta a la niña mirándola en silencio.

Después suena una especie de detonación. Como un racimo de disparos que se trompicaran los unos sobre los otros hasta formar un solo estampido. Repica de manera aguda contra la sierra que devuelve el eco de pedernal afilándose.

Agarra a la niña y caminan al fondo del pasillo hasta el baño. Quiere que ese claxon se calle de una vez. Junto a la regadera, donde resguarda a la pequeña, se queda un momento pensando en volver a marcar a su esposo que aún no vuelve, como prometió, a la hora de comer.

2

El hedor del aliento alcohólico la alarma. No distingue si es de hombre o de mujer el cuerpo que se lanza sobre ella. Le manosea las tetas y los muslos. Murmura algo, pero no puede distinguir las palabras entre los jadeos. Le mete una mano debajo del pantalón anaranjado del uniforme de la prisión. Ella intenta gritar. Abre la boca, pero de su interior sale un bocinazo de autobús.

Despierta. Es sueño o recuerdo.

La Muerta se arrellana en el asiento de vinil y aprieta, por última vez en el día, la palanca de cambios adornada con una bola de abedul. Es la única forma en la cabina que puede tocar madera.

Está fastidiada del tráfico diurno, del río de carrocerías de plástico que serpentea las calles. La noche le incomoda porque debe buscar un lugar donde estacionarse para dormir. No regresa, desde hace días, al cuarto que renta en la parte superior del taller mecánico donde encontró trabajo.

Se dice a sí misma que es porque detesta el silencio de su habitación. Pero es porque hace dos días alguien llamó a su puerta en la madrugada. Aporrearon la cortina metálica con vehemencia, como lo haría un policía o un hombre borracho. Prefiere evitar a cualquiera de los dos.

Mejor moverse. Duerme más tranquila a la orilla de alguna avenida concurrida donde siempre, no importa la hora, circulan automóviles. La atmósfera la tranquiliza: el resplandor de los espectaculares superpuestos, la simetría de las farolas encajadas en hileras interminables, el trajín de los choferes anónimos que iluminan su paso a través de espirales de concreto.

Se recoge el pelo y suspira. Abre la ventanilla para que circule aire. A lo lejos una pareja discute a gritos. Esta noche no pescó nada de acción. Su camioneta, estacionada frente a una tienda de electrodomésticos, luce cual bestia dormida. Al frente hay un letrero de un restaurante de hamburguesas que se refleja en el parabrisas. Le llega a la nariz un vago olor a hamburguesa. La Muerta alarga la mano hasta el volante al bostezar y cuando está a punto de cerrar los ojos y hundirse en su sudadera para recuperar el sueño, un zumbido le electrifica la nuca.

Es lo que esperaba. Semejante a un perro que huele a la presa se incorpora y enciende la Chevy pick up del cincuenta y cinco, negra mate. El motor ele ese seis punto dos turbocargado bufa. Las gomas chillan al incorporarse con el torque al máximo a la avenida Gonzalitos al sur. Hiende la uña en la bola de abedul de la palanca de la trasmisión.

Rebasa a un par de coches de conductores somnolientos.

Éste es su tiempo. El asfalto limpio en sus cuatro carriles y no el tedio sumiso del tráfico diurno. A la Muerta se le dibuja media sonrisa en los labios al distinguir que el vehículo que zumbó frente a ella también es una camioneta: un punto blanco con faros rojos que dibuja tenues parábolas sobre la estela gris resplandeciente.

Aprovecha que el corredor no la ha visto para dejar caer todo su peso sobre el acelerador y sacarle el mayor partido posible a la recta sobre el puente. Dentro del monoblock de aluminio, el caballaje galopa sobre pistones rusientes.

Al llegar a la curva para incorporarse a Morones Prieto al oeste, la camioneta reduce la marcha lo suficiente para reconocer una pequeña pick up Caddy de Volkswagen. Blanco impecable moteado por el caleidoscópico fulgor nocturno de la urbe.

Recupera distancia. Morones serpentea con vértices suaves junto al río. La Muerta sabe que en esas ondulaciones su Chevy tiene la ventaja. La carrocería tiembla igual que el fuselaje de una máquina a punto de despegar. Mete los cambios como si encajara una navaja en la entrepierna de un violador.

De pronto la Caddy desacelera. Rueda casi en neutral y en la quietud de los movimientos relativos, ambos vehículos se sincronizan en paralelo. La mujer arquea las cejas. La puerta de la camioneta blanca tiene dibujado un conejo con un casco de cuero y lentes de piloto. El conductor, resplandeciendo ante la luz verdosa del tablero de instrumentos, tiene un cubrebocas. La mira. En la oscuridad parece un cráneo oblongo y limpio. Hace una breve seña con la mano, pidiendo que se aparte y acto seguido pisa el acelerador volteando al frente.

La Chevy ruge y sobrevuela el asfalto con la sonrisa invertida de la parrilla negra. Apenas roza el ápice de las curvas, dejando restos de goma entre la grava y el aceite. La Caddy zumba cual mosco y avanza en un eslalon entre el tráfico desperdigado.

Todo el aburrimiento se deshace. Cuando escucha la tierra golpear contra las polveras y las luces en serie de las luminarias circulan ante ella en forma de estrobos flamígeros, vive de nuevo. Recupera esos gloriosos nueve segundos del cuarto de milla de Austin, donde era invencible.

Durante un momento el conejo blanco es un par de puntos rojos en la noche.

En el cuarto de milla, la Chevy la vencería sin problemas. En el zigzag de las carreras callejeras, cuantas más elipses y tráfico, más tiene que bombear los frenos para que la camioneta no pierda el control.

La Muerta se inclina sobre el volante porque quiere sentir que el mundo se precipita frente a ella en una secuencia a tiempo acelerada. Las líneas paralelas de los carriles, la ondulación perpetua en los peraltes de la avenida, el desdoblamiento en serie de las luces de la ciudad desperdigadas en los cerros alrededor son una obra de arte obsesiva y fascinante.

Es un vértigo de muerte lo que le borra el letargo de las horas de espera. Un simulacro de huida a ninguna parte. A recuperar lo que no puede: su pasado, su hija. Todo lo que dejó atrás desde que la deportaron. De poder pisotear con el acelerador la cara de la señora que desconfía de los repuestos cobrados en las facturas que ella ni siquiera elabora; atropellar al puto gringo que reportó su camioneta como robada después de que se la ganara limpiamente en la pista; clavarle la palanca de cambios a las miradas del gerente a su trasero cuando se inclina al interior de un vehículo para oler el aceite de la transmisión; chocar al pocohombre hijo de puta que grita un piropo marrullero desde la ventana de un automóvil en movimiento. Al fin, todo el silencio acumulado en ese cuartucho de mala muerte que tiene que habitar mientras junta el dinero y las ganas para volver a cruzar la frontera.

Lo hace por lo que la invade en cada poro del cuerpo: adrenalina. La posibilidad de perder el control. De mantenerse siempre en la orilla del límite que sabe que si traspasa terminará con las llantas boca arriba. Sigue al conejo blanco creyendo que al final del camino se hallará el sentido de lo que hace en esa ciudad hostil que la recibió a patadas.

Dejan atrás las caras atónitas de los obreros que regresan a su casa con una bolsa de plástico en la mano, los oficinistas semiebrios que salen tarde del bar, los faquires callejeros que con una antorcha en la mano escuchan el reverberar de la tierra con la revolución de los cigüeñales en los motores.

Equilibradas en sus desventajas. La Chevrolet parece una orca asesina que corta el trazado en la geometría inflexible de la línea recta. La Volkswagen en el circular de una infidelidad perpetua al tocar sólo los vértices de cada curva avanza como una liebre entre el monte.

En cuestión de minutos llegan a la salida a la autopista a Saltillo.

La Caddy ruge una vez más, pero sin tracción. Se introduce en las sombras debajo del puente de la autopista. Desacelera. Enciende las intermitentes. Se dirige a la Huasteca. La Muerta percibe o se imagina un olor penetrante a hamburguesa. Las paredes de los cañones blancos brillan en la oscuridad cual témpanos de hielo. Las luminarias, en esta zona esporádicas y raras, parpadean tiñendo la calle de amarillo.

Las camionetas ya no corren. Circulan revolucionando el motor en punto muerto: dos amantes que jalan aire después de un encuentro amoroso.

La Caddy se introduce en un establecimiento con las luces encendidas. La Muerta la sigue y al apagar la Chevy escucha a lo lejos música tronando de bajo sexto y acordeón. Una polca a todo volumen, como si hubiera un baile cerca. Debajo de ella, los metales de la camioneta crujen al enfriarse. Ve un letrero iluminado: "El Palacio de Fierro".

El conductor de la camioneta blanca se baja. Aún tiene puesto el cubrebocas. Se acerca hasta la ventanilla. La Muerta ve a un hombre de ojos rasgados y cráneo limpio que espeta en un lenguaje extranjero:

— Mwo hajaneungeojyo? Geunyang gal gil gasijyo.

3

Joaquín "la Tortuga" Urdiales despierta de un sueño turbulento. Mira el techo y las grietas que corren en él. Parecen un mapa de carreteras. No recuerda nada en concreto de la pesadilla, sólo que es referente a su mujer muerta. Tarda unos momentos en caer en la cuenta de que el fallecido esta vez es su hijo.

Saca un cigarro de una cajetilla que está sobre la mesa, junto a una cámara Polaroid y una bolsa con ropa. Hace diecisiete años que no fuma. Enciende uno y aspira una larga bocanada. En la pared hay varios retratos. De su padre, de su madre, de Marlén su mujer muerta y algunos recortes deportivos y de empresarios regiomontanos. Hay un clavo sin foto.

Hace tiempo que no pensaba en el accidente. Pero ahora le resulta inevitable. Algo del sueño le vuelve: ahora él está prensado en un Pointer rojo y su mujer le da de comer. Aprieta los nudillos e intenta borrar las imágenes de su cabeza. En parte por eso no quiso saber sobre la muerte de Archibaldo. Algo se acabaría de quebrar dentro de él.

Se acerca a los marcos de las fotografías y, aunque no hace falta, los endereza.

Afuera se escuchan los niños que no dejan de jugar futbol.

Retira un marco de la pared. La imagen es de Ricardo Prieto, dueño de la Fundición Cóndor. Un retrato de estudio, con la marca de agua del fotógrafo estampada en la parte de abajo. La instantánea no es tan vieja. Prieto aún mantenía cierta lozanía que no le encontró la última vez que lo vio. Lo muestra con la boca apretada como si quisiera golpear al fotógrafo que le pidió una sonrisa. El traje sin corbata deja ver una quemadura que el maquillaje no pudo disimular. Saca el papel del marco y sale al porche a deshacerse de ella. La rompe por la mitad.

Afuera descansa su camioneta: una Dodge pick up del sesenta y tres. Parece una pieza de artillería. La parrilla delantera luce cual mascarón de proa enmarcado en un esqueleto verde y abollado. La pintura descascarada muestra los estragos del sol y los elementos. Tiene una tortuga dibujada en una de las polveras de la caja California. El parabrisas luce en medio una raja plateada en zigzag. Las llantas con rines de diecisiete pulgadas no visten más adorno que aerosol negro mate sobre los cubos y birlos de acero.

La Tortuga mira a los niños. Ellos bajan la intensidad de los gritos. De vez en cuando el balón rebota sobre la carrocería y él cree que su presencia en el porche los obliga a ser más cuidadosos. Con el cigarro lanza bocanadas de humo al atardecer. Carraspea un poco. Tose. Mira con más atención a Juan Pablo, uno de los chicos que intenta hacer un remate de volea y falla.

Después de un rato vuelve a entrar a la casa. Afuera se escucha el cloqueo sordo de unas gallinas en el patio. Camina a la alacena para ver si aún hay suficiente maíz para toda la semana. Ahora que Archibaldo no está, deberá de formarse el hábito de alimentarlas. Por lo menos hasta saber qué hacer con ellas. En la mesa de la cocina, junto a las pertenencias de su hijo, hay un cheque de indemnización y un acuerdo legal que firmó para poder sacar el cuerpo de la Cruz Verde. Junto a la Polaroid también están sus armas reglamentarias: una Glock y un Bushmaster Masada desarmado y limpio.

No tiene un cenicero a mano.

No sabe cómo explicarlo. Las palabras que puede hilar no le alcanzan para verbalizar su inquietud. Pero sabe, por lo bajo, que la zozobra que lo invade no es por la muerte de su hijo, sino porque Archibaldo era el último recuerdo que tenía de ella. Ahora no queda nada que dijera que Marlén pisó la tierra, salvo algunas fotografías oxidadas.

Entra a la que fue habitación de Archibaldo. Le asquea la ropa tirada y el olor a sudor agrio. Abre la ventana y ve un cenicero sobre unos papeles. Se sienta sobre la cama y exhala de nuevo. Tose un poco. Con la vista enumera las cosas que desechará. Mañana termina su permiso de trabajo e inventará una rutina que no le pertenece. Quizá mate, una a una, a las gallinas que engorda en el jardín para comerlas cada sábado. A los gallos los venderá.

Mejor empezar cuanto antes. Va por una bolsa de basura a la cocina. Escucha a los niños más cerca, más fuerte. Toma los papeles de la mesa de noche. Hay una carpeta de pastas de cuero rojo. Deben ser los documentos que le pidió Prieto. Mete los papeles en la bolsa, pero se detiene a hojear el cartapacio. Afuera, mezclándose con la gritería infantil, suenan las gallinas andando en sus jaulas.

La carpeta contiene un montón de fotografías. En la primera hay dos hombres abrazados. Un rostro familiar: el de un joven Ricardo Prieto, el dueño de la Fundición Cóndor. Es una imagen antigua. Abajo, con letra manuscrita dice: "Le Mans, mil novecientos cincuenta y cinco".

Gira la página y de nuevo hay una foto borrosa con la misma leyenda. No se distinguen figuras humanas. Parecen destellos de un incendio, aunque la fotografía es ilegible. Piensa en cuánto estaría dispuesto a pagar el viejo por esa basura.

Da una calada y el cigarro se queda prendido en la comisura de la boca al dar la vuelta a la página.

La fotografía a blanco y negro es la de un Chevrolet Bel-Air cuyo modelo no puede identificar porque está destrozado. El motor salió despedido y del frente sólo queda el radiador desgarrado y una viga metálica que pudo ser la fascia. El cofre, arrebujado, descansa en una polvera abollada. La cajuela está abierta, falta una rueda y la portezuela yace desunida del marco. Del parabrisas sólo quedan algunos restos y en el revestimiento de acero hay una cabeza humana reventada. Por los cabellos diría que es femenina. Un líquido espeso y negro escurre hasta mezclarse en el asfalto y otros fluidos provenientes de la máquina.

Tortuga apenas nota que el pulso se acelera. Deja el cigarro en el cenicero. Traga saliva y gira la página. De nuevo otra imagen aún más cruda por su detalle, ya no ofrece un plano general, sino un acercamiento obsceno a una cabina demolida de un auto inidentificable. Las esponjas de los asientos se asoman en todos lados. El tablero escupe cables eléctricos. En el interior hay un pasajero en la parte de atrás al que le falta un brazo y al frente, hundido en el volante, el piloto sangra por los oídos.

A Urdiales se le escapa un resoplido como de quien acaba de recibir un golpe en el estómago. En la página de enfrente hay una imagen similar que muestra un carro calcinado hasta casi desaparecer en el asfalto: lo único que alcanza a distinguir antes de pasar la hoja es el motor uve ocho al frente y una silueta de un esqueleto carbonizado. Las instantáneas se repiten en términos similares: hierros retorcidos, tapices con manchas negras, ruedas boca arriba, decapitados, tableros rotos, rostros borrados al visitar el vidrio del parabrisas, la piel del tapiz saltada entre trozos de plástico y miembros humanos.

Tortuga respira más rápido; se agita como si estuviera al borde de la eyaculación o el ataque de pánico. Las imágenes son tantas que al pasarlas apenas las entiende: un caleidoscopio de muerte y acero. Sus ojos se dirigen a la comunión contranatural entre la carne blanda con el metal cóncavo: cuerpos iluminados en llamas azules, piernas pulverizadas contra los amortiguadores, cabezas deformadas al estrellarse contra el techo, hombros agujerados por palancas, pedales y vistas interiores, barras de dirección perforando los gaznates de los conductores, la fusión final entre la piel y el vinil en un incendio fulgurante.

Aunque lo intenta, no puede evitar imaginar los cuerpos con el rostro de Marlén, su mujer. Accidentes frontales con cuerpos abiertos como flores echadas a perder. Sobre todo los que tienen los ojos abiertos. Conforme avanza predominan las fotografías instantáneas. Deja correr las páginas con el dedo pulgar hasta llegar al final. Su cuerpo se paraliza. El cigarro, olvidado en el cenicero, se consume hasta el filtro.

En la última imagen está su propio hijo, Archibaldo Urdiales, desnudo mirando al vacío, retorcido sobre el cofre de su Dodge pick up del sesenta y tres. Tiene manchas de sangre artificial, los ojos mirando al vacío y una erección que toca la pintura descarapelada de la camioneta.

Tortuga jala aire cual carburador. El cuerpo le suda, aunque siente frío bajar desde la base de la nuca. Una especie de nudo le va subiendo desde las tripas hasta el cuello en donde se atora. Es rabia. Aprieta los puños y sus pensamientos giran en un carrusel sin forma: Ricardo Prieto, Marlén, Archibaldo. Afuera uno de los niños grita y se escucha la pelota de futbol golpear contra la chapa metálica de su camioneta.

Cierra el álbum con los ojos inyectados. Imagina el balón tocando la pintura verde justo donde acaba de ver el glande endurecido de su hijo muerto tocar la carrocería. Desea salir de nuevo al porche. Pero no quiere armar otro escándalo en la colonia. Saca otro cigarro. No sabe por dónde empezar a tirar todo a la basura.

4

El metal grazna en el momento en que los motores recorren la distancia de la caja de volteo. Luego estruendo al caer. Forman una pila de varios metros. El Acerero se coloca detrás del tráiler para verlos rodar.

En el patio se ven varias pilas de máquinas similares. Otras son de monoblock limpio y quebrado. Aparte de eso hay contenedores industriales, un trascabo, una grúa de diez metros de alto y unas barracas para los trabajadores. El sol negro emborronado se refracta en las piezas de metal y las manchas de aceite en el lodo. Un grupo de libélulas verdes se aparea entre el hedor de grasa quemada.

Apenas el tráiler resopla al encenderse y ya están todos encima del material. El Acerero, al avanzar cojeando, escucha quejas. Entre los hombres se destaca una mujer que apenas habla y mira con curiosidad desde lejos. Otra vez son motores quemados. Pocas cosas que sirvan. Las máquinas no están cubiertas de grasa negra. Lucen anaranjados, con una gruesa capa de óxido. El aluminio de las cabezas, campanas, depósitos de aceite y barcos de admisión se derritió. Los hilos del metal plateado llenan los huecos y pliegues de hierro.

El Acerero, al acercarse sosteniéndose de la pierna izquierda, examina motores. Los cilindros están expuestos como un costillar mondo. El hierro se funde a mil quinientos treinta y ocho grados centígrados. No puede concebir ese calor. Lo del aluminio es común. Se funde a menos de la mitad. Seiscientos sesenta grados centígrados bastan para que los pistones queden en un charco plateado en el depósito de aceite.

Hay un motor Ford uve seis, tres punto ocho litros, que tiene el costado de hierro derretido a manera de cadáver de animal hecho de cilindros automotrices.

Como todo lo que vive después de la calamidad, ahora está en el yonque. El Palacio de Fierro acopia máquinas de deshecho y pérdidas totales. Después los desarmadores separan las piezas de los motores diferenciando cada uno de los metales: fierro, acero, aluminio y bronce. A veces de entre las tripas de la maquinaria aparecen refacciones que se pueden reutilizar. Pero la mayoría, ya clasificado, irá a parar como chatarra de regreso a las fundiciones.

El Acerero arrastra su cojera buscando la pieza que falta. Vigila los pasos. Los motores encimados son peligrosos. Caen formando torres de varios metros. Si pisas mal te hundes entre ellos. Si te mueves demasiado el montón se precipitará. Los motores rodando son animales salvajes que apisonan la tierra y buscan morderte los pies. Por eso pisa con cuidado. La rodilla derecha cruje. La carga con más peso sin su muleta.

Los desarmadores reniegan. Las manos les cuelgan entre las rodillas, enfundadas en guantes de carnaza llenos de lodo y de aceite, sin decidirse a empezar a trabajar. El fuego oxida las tuercas y tornillos. Los candados de las válvulas se pegan; las poleas se unen a las espigas; el hule de los empaques sella las juntas: el motor se convierte en un amasijo de metal.

Separar el aluminio, el bronce, el acero y el fierro es lento y esforzado. Con el mazo tienen que abrir las costuras de las bancadas. Los pistones, cuando no se derriten, se pegan a los cilindros. El aluminio chorreado inunda los huecos donde están las cabezas de los tornillos. Los birlos se capan. Y lo peor: no habrá propina ni refacciones. Todos pierden.

Pero el Acerero sigue arriba. Aunque la fractura de la pierna izquierda cada vez lo molesta más, no se baja del montón. Busca un motor Chevrolet uve ocho, cuatro cincuenta y cuatro, siete punto cuatro litros.

La mujer se acerca. Sentado bajo la sombra de un mezquite, Omar, un desarmador con lentes oscuros, la aborda:

—¿Qué anda llevando, güerita?

Ella no responde.

—Es gabacha. No entiende español —menciona otro trabajador mientras se despereza y recoge sus bártulos para trabajar.

—O nomás entiende lo que quiere —dice Omar—, ¿verdad que sí, güerita?

La Muerta esboza una media sonrisa. Omar una completa: relumbra en su boca un diente de oro.

—Ándele, así me gustan las gallinas ponedoras.

—Ponerte, te va a poner unos vergazos si sigues engruesando.

—'Ora. Sin faltar. La güerita ni ha de saber cómo jala un motor. ¿Verdad? ¿Cómo va saber qué es lo que anda llevando?

Omar se levanta al fin y se calza los guantes de carnaza y con la herramienta en un bote de plástico se coloca junto a un motor uve ocho que está en el suelo:

—Es muy fácil: sólo piense en la santísima trinidad. Esto que está aquí —dice golpeando un mazacote cuadrado de hierro colado— es el monoblock y es el cuerpo. Lo que va en el centro amachinado es el cigüeñal, y es el alma. Y estas otras cosas —apunta a las ocho barras que sobresalen del cigüeñal y se hunden en los cilindros— son las bielas con los pistones, y son las manitas y patitas.

—Ya cállate —dice el Acerero desde arriba del montón de motores—. No te cansas.

—Y menos si no se pone a jalar —agrega un trabajador.

—Nomás quiero que la güerita nos diga qué anda ocupando.

—Ya déjala. Viene a ver a Humberto.

—Además —habla el Acerero—, por la troca que trae, de seguro no ocupa tus explicaciones.

—Si viene a ver al patrón ya mejor me callo.

—¿Qué motor trae tu troca, el cinco punto tres?

La Muerta ve al Acerero que acaba de formular la pregunta. Lo mira fijamente, pero antes de responder aparece Humberto y la llama aparte.

Ya el resto de los desarmadores arrastran la herramienta hasta su esquina. Después de acomodar los dados, berbiquíes, manerales y llaves, con barras de metal, destraban los motores.

El Acerero ya tiene el monoblock del cuatro cinco cuatro maquinado puesto en un soporte rojo giratorio en la cochera de su casa. Los cilindros rectificados y pulidos a sesenta milésimas de pulgada. La bancada con una fina capa de grasa blanca, para que no pierda el acabado del corte en línea. Sólo le falta una pieza para completar el motor: el cigüeñal.

—Don —le habla Omar—, mire, ahí está el siete punto cuatro por el que andaba preguntando.

Después de hablar lanza un pedazo de bujía para que timbre sobre el escape anaranjado del motor. El Acerero lo ve. Está debajo de unos tambores de frenos de tráiler, a un metro y medio del suelo, con el abanico doblado por el calor, reblandecido al frente como un trapo colgado.

Gatea sobre los fierros retorcidos hasta estar encima de él. No se ve tan quemado. La grasa en el exterior se evaporó, pero los tornillos no están mal.

—¿Cómo lo busca? —pregunta el desarmador.

—Con que limpie en diez me conformo. ¿Lo destapamos?

Omar además de los lentes oscuros tiene una gorra sobre la frente. Su herramienta está acomodada junto a él, pero no la ha tocado. No responde de inmediato.

—¿Cuál es la prisa?

El Acerero mueve uno de los tambores de cuarenta kilogramos. Lo empuja con el pie hasta tirarlo. Su cadera cruje. La comezón de la cicatriz lo dobla. El mareo es una mezcla de todo: la peste del hierro, el sol que se clava como un venablo en la frente y el cansancio de los músculos tensos de mantenerse en equilibrio. Se sostiene con disimulo de un escape que sobresale del amasijo.

Junto a la puerta de la oficina, el Acerero ve que Humberto y la mujer siguen hablando. No escucha absolutamente nada de lo que dicen, pero deduce que están cerrando un trato.

—Pues algo de prisa sí hay. Traite la barra. Vamos a bajarlo.

El desarmador sin decir nada, sigue comiendo semillas de calabaza.

—Ándale. Ahorita te doy para las cocas.

Omar no se mueve de inmediato.

—Está muy difícil de bajar, don. Hay que mover estos de acá abajo y luego destrabarlo desde arriba.

Todavía no termina de hablar y el Acerero pregunta:

—¿Con un cien?

—Ahorita lo bajamos, pues —responde agarrando una barra y llama a otro de los trabajadores—: Eh, tú, vente arremangado, que el don lleva prisa.

—¿No se ve muy frito?

—Sí aguanta, don —responde Omar.

El sol apenas consigue atravesar las capas de neblina y el Palacio de Fierro irradia un calor blanco como en una sartén.

—Le voy a decir qué: no me dé el cien. Se lo desarmo por la gallinita pinta de la foto.

Omar apoya la barra de acero sobre el suelo.

—Ya te dije que no la vendo.

—Uno que le quiere echar la mano y nomás no se deja.

—Vamos a desarmarlo y ahorita platicamos.

El desarmador destraba los monoblocks para girarlos y despejar el camino del cuatro cinco cuatro que aún pende metro y medio sobre el suelo. Mientras lo hace le comenta:

—Es que ya tengo el animal perfecto, don. Un gallo giro. Ya lo quiero pelear, pero si se me muere sin que haya pisado gallina va a ser un desperdicio. Es puro pico, pata y puche.

Resopla cuando se deja caer sobre la diagonal de la barra para que un motor gire. Ya que el camino está libre, el Acerero desciende del montón, cuidando no pisar en falso.

A su alrededor el patio hace cantar el fierro a mazazos. Unos trabajadores abren las costuras de hierro de unas tinas enormes recubiertas de cerámica. Van recorriendo con el mazo una línea. Casi al llegar al final, la tina se abre por la mitad.

La mujer apenas gesticula al despedirse de Humberto. Después desaparece por el portón principal.

—¿Nada más busca el cigüeñal, don?

Pregunta porque desarmará a golpes el resto.

—Sepárame los botadores. Los míos ya no cargan bien.

—Ya dijo, don —Omar canta mientras gira con entusiasmo la herramienta y saca los tornillos de los dados—. Pero me va a mercar la gallina.

Después de quitar las cabezas, el hombre gira el motor para que el depósito de aceite quede hacia arriba. Con el mazo golpea la lámina hasta que saltan las sujeciones y muestra el interior del motor. En el nudo de acero y hierro, las tuercas, birlos y tornillos que mantienen al cigüeñal en medio de los ocho cilindros relumbran de dorado brillante. Parece una columna vertebral cuyos huesos se hunden en los huecos del monoblock.

—Ya estoy viendo los pollitos que me va a dar la condenada gallina. Al gallo giro se lo quiero jugar al Barbas que siempre llega muy acá en su camioneta, muy chingón. Que si ganaron un torneo en Aguascalientes y se trajeron doscientos mil pesos. Puras mentiras. El bueno de los gallos es su compadre, un gordo muy salsa y billetudo. Al Barbas nomás lo llevan para que cargue las jaulas y les dé de comer a los pollos —Omar sonríe y relumbra su diente con una corona de oro.

Al Acerero le suena a música el chasquido de las tuercas al vencer el torque. Espera que Humberto esté de buen humor y no se ensañe con el precio.

—Pinche Barbas, nomás presumiendo gallo ajeno. Los vamos a ir a jugar en la bodega, porque aquí Humberto dice que las peleas distraen mucho.

—Revisa el árbol, a ver si está alterado.

—A sus órdenes, don —responde socarrón—. Dice que vamos lentos. Pues si sigue trayendo este mugrero que no se puede desarmar, ¿qué quiere que hagamos? Este salió blandito, pero los demás… Ni la cansada. No sale aluminio ni bronce.

Separa los botadores hidráulicos. La pierna le molesta. La punzada es una esquirla de hierro en la tibia.

Por fin llega con el dado de tres cuartos a la bancada que mantienen unido el cigüeñal al monoblock. Al primer chasquido del tornillo, el Acerero se acerca. Omar agarra el metal que sirve de cojinete. Lo limpia con el guante de carnaza. El Acerero ve grabado en relieve el logotipo de General Motors.

Abajo dice con letras grandes: STD. Metales originales en estándar.

Ese motor nunca fue reparado. El cigüeñal está en medida original.

La Muerta enciende la camioneta fuera del Palacio de Fierro. Retruena en todo el interior el sonido del uve ocho.

—Hija de la chingada, pues sí trae con queso la güerita —dice Omar antes de que la camioneta Chevrolet cinco cinco desaparezca en la velocidad.

El Acerero hace cuentas. Desde donde está le echa un ojo a su troca. Los muelles de atrás, aunque están reforzados, se comban bajo el peso de la caja repleta de fierro vaciado. Quizá sean una tonelada y media. Mucho más de lo que, de fábrica, debería cargar una Syclone.

Es suficiente para cubrir los gastos de la casa y tener algo de dinero para seguir comprando un par de días. Si Humberto está de humor dejará que se lo lleve fiado, pagando sólo una parte. Ocupa efectivo para llevarlo a la rectificadora.

Se acerca de nuevo al motor y con la uña pasa el dedo por el muñón de biela desnudo.

—Está muy bueno. Le hacían su cambio de aceite —dice Omar.

Los números no dan. No alcanzará para la rectificación. Camina renqueando, disimula lo que puede, pero la rodilla se le dobla bajo el peso de su pierna más corta. En el trayecto tiene que detenerse a la mitad para no perder el equilibrio. Llega a la camioneta. Al entrar a ella descansa. Su cuerpo deja la tensión para encontrar su elemento. Entra de reversa en el local y se estaciona junto a la báscula.

El desarmador le hace una seña. Sólo puede ser una mala noticia.

—Ni modo, don —dice y le extiende un trozo de biela.

La tapa está desgastada y abierta. El interior, que debería ser liso y plateado, lanza destellos violetas. El cilindro tres se desbieló. A simple vista se ve que el cigüeñal no limpiará ni en treinta.

El Acerero no dice nada.

—Déjame ir a pesar lo que traigo para darte lo de las cocas.

—¿Y la gallinita cuándo? —reclama Omar.

—Cuando me encuentres un cigüeñal bueno.

—Cómo es, don. Uno que hace las cosas de buena fe —dice el desarmador mientras que con un mazo saca a golpes los pistones de los cilindros uno a uno.

5

El estruendo de la chapa de acero combándose coincide con el remate de izquierda de Juan Pablo.

El muchacho de quince años ve la pelota que, después de golpear la piedra que les servía para marcar la portería, rueda calle abajo. El resto de jugadores mira hacia la autopista.

—Ya se dieron en la madre.

A pesar de que suena la bocina de uno de los vehículos de arriba, oyen el repicar agudo del balón vulcanizado bajando, a punto de salir de la colonia.

Juan Pablo piensa ir por la bola. No cree que sea tan grave. Y no quiere desaprovechar el resto del día. Una sombra de papel volando en el cielo lo detiene. Gira rápido y se desplaza lento.

Vuela hacia él.

Los otros cuatro chicos también ven la sombra. Observan la parábola del papel hasta caer a los pies de Juan Pablo.

Al aterrizar comprueba el color púrpura que no podía distinguir a contraluz. Se sorprende al ver la efigie de Miguel Hidalgo y la leyenda de un billete de mil pesos. No los había visto hasta ahora. Tarda en darse cuenta: es dinero.

Al resto no les da tiempo de quedarse con la boca abierta. Antes de poder caminar hacia él, notan que hay más sombras en el cielo que caen girando como reguiletes púrpuras. Levantan las manos ante la luz difusa en la neblina e intentan agarrarlos mientras se les escapan entre los dedos.

Están tan ocupados en la tarea que no prestan atención al ruido de detonaciones atropelladas que retumba contra el cerro calcáreo.

6

En la fachada de la Fundición Cóndor, en el césped, junto al cordón amarillo de la banqueta que flanquea la entrada al complejo de naves industriales, hay un letrero con dos contadores. El primero indica los días sin accidentes: veintisiete. El otro marca los días sin accidentes con bajas: ciento setenta y cuatro.

En el centro de la fábrica resplandece una hilera de grúas amarillas que manipulan cilindros de acero. El cielo cerrado y negro deja ver siete naves blancas. Entre las de almacén, oficinas y taller de montacargas, destaca la nave central en donde hay cuatro hornos con sendas chimeneas.

Archibaldo Urdiales alimenta el horno tres, un monstruo de metal de siete metros de alto que encierra una temperatura rondando los dos mil grados centígrados. Un montacargas mantiene en vilo una canasta de acero sólido con fierro vaciado dentro. La puerta de alimentación está arriba. Archibaldo recorre un corto pasillo hecho de acero que se sostiene de unos soportes sobre el horno.

En el turno de noche usa mascarilla. Tanto del vano de la puerta como de la chimenea salen bocanadas de humo negro.

En la oscuridad funden el fierro sucio. Las llamas queman la grasa y el aceite cochambroso. La mayor parte de los residuos se convierte en humareda y tizne. Otra parte se mezcla con algunos componentes metalúrgicos y desciende hasta el fondo del horno. Al enfriarse se convierte en una placa homogénea que se asienta en el recubrimiento cerámico. Se funde en la noche para evitar el prurito ecológico de ver cuatro chimeneas expulsando fumarolas negras.

De día se funde metal limpio.

Abajo, otros operarios vacían un crisol en un molde cilíndrico para pruebas de calidad. Después se llevan la muestra al almacén para que fragüe. Archibaldo levanta una cabeza de motor uve ocho quebrada, sin válvulas ni resortes y la arroja al interior. Antes de caer, golpea la puerta del horno. La placa de acero, sujeta a un cable, pesa una tonelada y media. Tiene recubrimiento cerámico y decenas de centímetros de espesor.

Apenas produce sonido al golpearla. Su solidez le impide vibrar. Después de estrellarse con ella, el pedazo de fierro cae al interior de la luz y desaparece. El alambre tiembla con un sonido de látigo y ulula.

Archibaldo Urdiales se detiene un momento. Se incorpora para tocarse el lumbago y estirarse. Se saca el guante de carnaza para acomodarse los audífonos que usa en lugar de tapones de seguridad. Mira a la nave y comprueba que todos se han ido. Se saca la mascarilla un momento para secarse el sudor de la cara. Tiene el rostro repleto de cicatrices pequeñas y unos pómulos curtidos.

Ve de reojo la canasta donde aún queda mucho material para fundir.

Está cansado y harto. Odia el turno de noche y el viejo Prieto lo sabe. Quizá está pensando en reciclarlo. Reciclar. La palabra le da vueltas en la cabeza. Justo como las flechas del símbolo: tres dardos persiguiéndose una a la otra hasta crear un círculo. Reciclar. Tomar mierda y convertirla en materia prima. El gran negocio de esta ciudad: fundir. Sacar oro de la mierda. Desde lo de los ingenieros de la Profepa no deja que se le acerque. Lo cambia de estación y de turno. Dice que es mejor así hasta que todo se enfríe.

Reciclar. Un círculo imparable sin inicio ni fin. Monterrey lleno de mierda, lleno de acero, de fumarolas perpetuas, de hierro, de flechas persiguiéndose la cola sin ir a ningún lado. Los afanes de sustentabilidad lo asquean. Sostener ¿qué?, ¿a quién?, ¿para qué?

La ve más frecuente y más rápido cada vez. Más claro. En las calles, en la televisión, en las conversaciones. Cada vez más porquería. Más autos, más bazofia, más dinero. Funde mierda para sacar más mierda. Lo ve cada vez más cínico y descarado. La cara de su padre cuando insinúa que es marica, la mano transparente de Ricardo Prieto en su muslo al conducir, el puto aburrimiento de las conversaciones de los obreros sobre telenovelas y futbol, el dinero, no saber en qué gastarlo, en putitos o cocaína: todo es mierda.

No soporta el hedor y se vuelve a poner la mascarilla. Reciclar. El patrón lo mandó al turno de noche porque está enojado con él. "¿Qué te pasa?", le preguntó el pendejo. Lo que más le escuece es que no sabe verbalizar la respuesta. Se le escabulle entre las palabras. Le pasa que arde por dentro. De rabia, de sexo, de odio, como si su verga también fuera un crisol que pudiera fundir, reciclar, quemar: convertir oro la mierda. Los albañiles hediondos de las cantinas que quieren que se las mame por treinta pesos. Fundirlos. Los obreros oscuros que le guardan pedazos de fierros largos para que se pique la cola. Quemarlos. Las vestidas de las calles que le rechiflan porque dicen que les puede bajar la clientela. Reciclarlos. Quiere arder y que todo arda. La ciudad, la fábrica, el viejo culero, él, su pito envuelto en metal líquido a dos mil grados de temperatura.

Eso le pasa.

Sólo se sintió vivo con lo de los ingenieros. Algo en su espíritu se izó cual bandera. Se mira las manos enguantadas. Aprieta los puños.

Aguanta porque viene la carrera. Es lo único que importa. Si no fuera por eso habría dejado que la Profepa cerrara la puta fundición. Adiós, Cóndor; adiós, Richie; adiós, putos. Pero viene la carrera, y a esa velocidad nadie podrá cambiar la forma de las cosas que vienen.

Se pone el audífono en la oreja y al tomar otro pedazo de fierro recuerda que sin música el metal cae en silencio. Su peso se volatiliza y desaparece en un almohadón de fuego.

Mira alrededor, la nave está vacía. No hay más ruido que el silbido del horno y el tañido grave del cable que sostiene la puerta. De vez en cuando una válvula arroja un suspiro neumático. Más allá, fuera de la nave, desde esa plataforma ve la oficina de Ricardo Prieto que tiene las luces encendidas. Archibaldo sonríe a medias.

El pelo se le echa sobre la cara y con el guante de carnaza se rasca la entrepierna. Toma otro trozo de fierro y lo estampa con furia contra la puerta del horno. Tiembla y el cable que la sostiene aúlla. Imagina que esa puerta es la sonrisa retorcida del viejo. Su cara deforme, su piel escamosa.

Archibaldo vuelve a tomar otro monoblock partido por la mitad y lo arroja a la luz, donde desaparece. Aunque él no lo oye, el sonido sordo de la placa es más pronunciado, como si estuviera floja. También el cable canta diferente: la cuerda de un violonchelo a punto de soltarse de la clavija.

7

El puente peatonal es una lengüeta de acero que vibra cuando debajo suyo pasa un automóvil. El chofer del BMW lee un anuncio que recorre todo el barandal de la estructura en donde una mujer sostiene un cinturón de seguridad: "Amárrate a la vida". Golpe súbito, cual sombra extirpada, que raja el parabrisas en miles de grietas de plata. Después del susto inicial el chofer pone las intermitentes y se detiene.

—¿Está bien, señor? —pregunta al pasajero.

El anciano no contesta. Busca a través del parabrisas trasero el objeto que arrollaron. Al descender del vehículo, el chofer ve un cuerpo deshecho en la calle. Lo espanta, más que la visión de los huesos expuestos entre los jirones desgarrados de carne, el hedor que despide el interior del organismo. De entre el amasijo de pellejo se distingue, brillante, un diente de oro. Huele a vómito, a heces fecales: hedor pútrido de sangre fermentada en alcohol. El conductor masculla algo; se cubre la nariz y la boca con la mano. Se apresura a buscar en la guantera su póliza de seguros.

De las casas junto a la avenida emergen algunos habitantes. Espera gritos de algún desconsolado pariente; pero sin aspavientos se acercan a la escena. No bajan de la banqueta, respetan la línea del asfalto como una geometría sagrada.

A unos metros del cuerpo hay una jaula abierta con un gallo agonizando.

Un hombre gordo rompe el cerco. Se arrodilla junto al cadáver intentando reanimarlo a sacudidas. Se cubre la boca y después hurga en los bolsillos. Toma algo y a zancadas, inverosímiles en alguien de su corpulencia, huye entre el tráfico que se forma en la calle. Los conductores contemplan con horror el atropello.

—Ya le cargó la verga a Omar.

—Ni modo.

Dos hombres con gorras de beisbol rojas hablan en la orilla de la banqueta.

—Lástima por el gallito. Mire cómo quedó. Me había dicho que me lo iba a prestar ahora que se me murió el brasileño para sacar unos pollitos.

—Era un campeón.

—¿Omar o el gallo?

—El gallo. Omar estaba pendejo. Ahí está el puente peatonal.

—Y mira cómo dejó el carro.

Se acercan ambos al vehículo de vidrios tintados.

—Huele regacho.

La ventanilla del asiento trasero desciende con un zumbido eléctrico. Del interior brota la voz de un locutor hablando sobre un accidente terrible en la autopista a Saltillo. Un ingeniero, empleado de la Profepa de nombre Luis Roberto Cardona Flores, perdió la vida en el acto, cuando su camioneta cayera del puente de la vía rápida a Saltillo. Después comienza, en un hilo largo y sombrío, el concierto para violonchelo en mi menor de Elgar.

—¿Conoces al señor? —pregunta uno.

—Se me hace que sí.

—Buenas tardes, señor Prieto.

La silueta no responde al saludo. Se adivina un cuerpo escuálido dentro del caparazón de hojalata. Con un gesto de su mano derretida, Ricardo Prieto atrae hacia sí el olor que campea. Hay trozos de piel y cabellos en el parabrisas. El viejo se recarga en el sillón y jala aire mientras se relame los labios.

—Pobre gallo. Todavía está vivo.

—Deberíamos matarlo.

—Mátalo tú; a mí me da mucha cosa matar animalitos.

—Y el Barbas se llevó la lana de Omar.

—¿Y eso qué? Lo gacho es que el señor Prieto va a llegar tarde a… pues a donde va. Y es un pedo atropellar a alguien.

—N'hombre, aquí está el puente. La culpa es de Omar por no fijarse.

—Omar puñetas. Y acababa de barrer todo con ese gallito giro.

—Ahorita viene una camioneta por el señor Prieto, ya verás. ¿Va para la fundición, don Ricardo?

El anciano no responde, aunque ahora los mira a través de sus lentes oscuros.

Las bocinas siguen atacando el aire con el violonchelo. Da la impresión de que el volumen se incrementa hasta sonar por encima de unas sirenas que ululan lejos y el vocerío general de la gente. El anciano se gira sobre sí mismo con dificultad para ver el cadáver.

Arriba, el puente vibra como si el acero y el concreto se sintonizaran con los caprichos del arco sobre las cuerdas de Elgar. Entre una capa blanca de polvo, neblina y humo, semejante a una mancha de sangre en un parachoques, el sol se esconde detrás de los cerros.

8

Al salir de la regadera, atraviesan la puerta del baño unas voces por encima de las caricaturas que sintoniza la niña en la televisión. El perro ladra como desquiciado. Piensa en salir sólo con una toalla. La vista de la cicatriz en la pierna izquierda los horrorizará. A veces al mismo Acerero le espanta la piel blanca, como un gusano adherido que se extiende en la parte frontal de toda la extremidad hasta abrirse en un capullo de carne nueva rodeándolo por completo al llegar al tobillo.

Se apresura a secarse el cuerpo y ponerse unos pantalones. Maldice entre dientes.

Ambos visten de traje. La mujer un saco color rojo y camisa de mezclilla azul. El hombre un saco marrón y cara de pocos amigos. La primera es una ejecutiva del banco; el segundo, un abogado de cobranza. Los acompaña una tercera persona: un joven de zapatos blanquísimos que está interesado en comprar la casa. Por más blancos, nuevos y limpios que estén sus zapatos, el Acerero no soporta que pisen su suelo.

El joven posee la suficiente ingenuidad para cruzar la estancia, estirar la mano y ofrecer un saludo. El Acerero no quiere caminar. Con la cicatriz oculta ya no es un monstruo que intimida, sino un lisiado lastimero. Por eso deja la mano tendida del joven en el aire. El ambiente de la casa se espesa. El perro sigue ladrando y gruñendo.

La mujer con saco rojo sonríe procurando desviar la atención. El abogado, que ha dejado muchos mensajes de buzón en su teléfono, lo mira cual gato a punto de arañar. Da un paso al frente por si las cosas se ponen físicas. La ejecutiva llama la atención del comprador para que vaya a ver la cocina. Mientras se pierden en la estancia, el Acerero le dirige una mirada a Carolina. Ella le dice a la niña que apague la tele y vaya a jugar a su cuarto.

La niña protesta.

—Tenemos que hablar de cosas de adultos, mi amor —responde la madre.

Su hija sube el volumen del aparato.

Del otro lado del dintel de la cocina, la empleada habla de la disposición y calidad de los muebles empotrados en el azulejo color crema y la manera en que se podría aprovechar el espacio que hay entre la puerta y la estufa.

El grupo cruza el pasillo y salen al patio. El Acerero habla entre dientes:

—¿Por qué los dejaste entrar?

Ella no responde de inmediato. Sus ojos ruedan hasta la espalda de su hija que sigue viendo la tele sin parpadear.

—¿Qué querías que hiciera? La niña está viendo caricaturas; no le iba a pedir que apagara la tele y fingiera que no hay nadie en casa. Después se iban a poner a gritar tu nombre, como la última vez.

Él no responde. Arrastra su cojera y su cólera hasta la puerta del jardín para no perder de vista a los ejecutivos.

—Usa la muleta, ¡por Dios! —le recrimina en voz baja, mientras jala al perro a una de las habitaciones.

El hombre no la voltea a ver.

Los empleados hablan de la placa que ya se puso en la mitad del jardín y en el techo. Lista para recibir otro piso encima o poner una terraza. A su alrededor camina una gallina que despierta perturbada y se aleja del grupo.

El Acerero habla desde atrás:

—Esa placa la puse yo.

Sólo Zapatos Blanquísimos lo voltea a ver. La vendedora le invita a comprobar los patios vecinos. Un flanco está deshabitado. La hierba amarilla y descuidada cubre todo el jardín. El otro lado tiene una manguera y un triciclo.

El Acerero sale al patio. La plancha de hormigón calienta sus pies descalzos. Al caminar balancea sus caderas y el torso para mantener el equilibrio.

—Y lo mejor de todo —dice la ejecutiva, jalando del hombro al cliente para llevarlo hasta la barda trasera—. Todo el suroeste del área metropolitana a sus pies. En la noche esto luce increíble.

De día sólo se ve el horizonte brumoso de humo y neblina.

—¿Por qué vienen a esta hora? Mi familia está ahí dentro —dice el Acerero al abogado.

—¿No te funciona el teléfono? —responde casi sin mover la boca.

—¿Qué es eso? —pregunta Zapatos Blanquísimos haciendo un gesto para que todos guarden silencio.

—¿Qué cosa?

—Eso que suena, ¿qué es?

No escuchan nada. Unos niños corriendo, el sonido de la televisión, la gallina rascando el suelo, y después un zumbido metálico de un coche.

—Eso.

—Es la autopista a Saltillo —dice el Acerero.

—Ah, ¡eso! —sonríe la ejecutiva—. No te preocupes. Es cosa de acostumbrarse.

—Yo ni me di cuenta —añade seco el abogado.

—Yo me acostumbré —comenta el Acerero—, hasta a los choques de arriba. No me sorprendí tanto cuando una vez me despertó el ruido de un tráiler volcándose a treinta metros de aquí.

El abogado lo cruza con los ojos. Zapatos Blanquísimos pide que continúe.

—Llovía mucho. Dicen que el conductor se durmió. Pero con la lluvia toda la autopista se cubre de niebla. Al salir, había cajas enteras de tetrabriks de leche reventadas frente a la casa. La calle estaba blanca y la colonia apestó a manteca durante días. Subí porque creí que se ocupaba ayuda. No se veía nada. La neblina estaba tan cabrona que no hubiera encontrado el tráiler de no ser por el fuego. Los gritos. Eso es lo peor. Escuchar que alguien se quema dentro de un tráiler es horrible. Chillaba por su madre y sus hijos. O algo así. Yo me acerqué muy despacio porque tenía miedo de que el fuego llegara al tanque de dísel... —se queda callado mirando al vacío.

—¿Y qué pasó? —pregunta Zapatos Blanquísimos.

—Pues explotó. Yo no siempre he cojeado, ¿sabe? Pero estoy agradecido. Si ese tráiler hubiese transportado algún químico o gasolina, probablemente ni mi familia ni yo estaríamos aquí.

El abogado le hace una señal a la mujer. Ésta empuja al comprador a través del patio y la casa hasta la puerta principal. El hombre, molesto, se queda con el Acerero. Se quita los lentes y los limpia con vaho y su corbata. Después saca un sobre del interior de su saco.

—Toma.

—¿Qué es eso?

—La sentencia del juicio. Ya sé que no vas a firmar el acuse, pero échale una leída.

El Acerero no toma el sobre. El abogado lo deja caer al césped, entre los pies de ambos.

—Ya sé que esto está de la chingada, pero hazle un favor a tu familia y sácalos de aquí. El despacho se está aguantando. Pero voy a volver y las cosas se pondrán feas. Mejor ya váyanse. La casa ya está en venta.

—Yo voy a comprarla...

Sólo esas palabras aciertan a salir de sus labios. El abogado niega con la cabeza mientras se retira. El Acerero se recarga en el marco de la puerta. Voltea a ver el sobre en medio del césped. Su casa está súbitamente sucia.

Nada de la explosión del tráiler es verdad.

Se queda bajo el dintel sintiendo la placa caliente en los pies. Él la puso unos años atrás con la intención de montar un asador. Nunca lo hizo. Aprieta los nudillos y los dientes. Experimenta una especie de vacío entre las carnes: una suerte de impotencia. Como si los muros, su casa, sus cosas ya no existieran o estuvieran hechas de un material muy endeble. Se enrojece y confunde en una sola su rabia y su vergüenza por no poder proveer, por cojear, por no tener estudios, porque no avanza en la vida y no puede decir que no lo intenta. Pero pareciera que entre más se mueve, más se hunde: menos consigue. Rebusca con los ojos su herramienta: quiere levantar la placa a martillazos con un cincel. No aceptará esa humillación. Bufa.

Después se empequeñece como un animal emasculado. Se rasca la cabeza y piensa en salir a dar una vuelta en la camioneta para despejarse. Correr. Avanzar. Huir. No importa hacia dónde.

La gallina, al ver que el jardín está solo otra vez, camina cloqueando hasta el lugar donde dormitaba.

Cuando se hace silencio de nuevo en la casa se escucha, apenas camuflado entre el sonido de las caricaturas en la televisión, el llanto de Carolina. También se escuchan los silbidos de los automóviles en la autopista.

9

—En la guantera hay unas aspirinas. Ya sé que ocupa algo más que eso, pero es lo que hay.

La Borrega con dificultad abre el frasco y engulle dos grageas. Escupe un agradecimiento que suena a gruñido.

—No dé las gracias. Es lo mínimo que se puede hacer. Arrieros somos..., ¿cómo ve lo que le digo?

El hombre que maneja saca un cigarro electrónico y jala aire por la boquilla. Vomita vapor espeso. Afuera los hilos de neblina embarran el parabrisas y el motor a ochenta kilómetros por hora llena los silencios con su zumbido. Durante un momento nadie dice nada. El conductor observa a la Borrega, acurrucado en la orilla del asiento, con un corte encima de la ceja, el brazo derecho encogido y pegado a su cuerpo, parece fracturado.

—Tengo la costumbre de dar raid a la gente —comenta el conductor, después agrega—: ¿Estuvo fuerte?

La Borrega no contesta. Los neumáticos mascan la tierra. El piloto enciende los faros del automóvil, un Valiant del setenta y seis, color naranja, casi rojo. La neblina los envuelve por completo.

—Perdón que lo pregunte. Sólo es por hacer plática. Es un hábito viejo. Hace no mucho era federal de caminos y vi de todo por estas carreteras. No tenía seguro, imagino.

—No —responde la Borrega.

—No se preocupe. Ya dejé eso. Ahora sólo soy un conductor practicando la solidaridad del camino. Lo que pasó antes o a dónde va después de que se baje, no me importa.

Vuelve a dar otra calada al cigarro electrónico.

—Esta otra costumbre, esa sí, no me la puedo quitar, ¿cómo ve lo que le digo?

Ante la forma curiosa de hablar, la Borrega frunce el ceño. Lo mira detenidamente: un pañuelo rojo rellenando el espacio de la camisa blanca y el cuello, una chaqueta azul de pana y guantes de cuero para manejar.

—Por eso me gusta el norte. Yo nací en Puebla. Ahí crecí. Pero me destinaron en la Federal al norte y me di cuenta que acá uno puede ser lo que quiera en donde sea, como si dijéramos.

Espera un rato a ver si su interlocutor quiere hablar. La Borrega se palpa el antebrazo sin decir nada. Con dificultad, de nuevo, abre el frasco de aspirinas e ingiere otras dos.

—Como usted, por ejemplo, puede ser otra persona cuando llegue a Monterrey. Acaso con otra camioneta. Porque usted parece una de esas personas que sólo manejaría una camioneta. ¿Me equivoco?

—No. No se equivoca. Y sí. Sí estuvo fuerte el madrazo.

—No me cuente. Aunque me da curiosidad, la verdad no sé si quiero saberlo. Lo importante es que está vivo. Vi muchas cosas en esta carretera. En particular en días así, con la neblina cerrada a lo largo de kilómetros. A alguien podría parecerle una locura, pero para mí cualquier vida que salga de un accidente automovilístico, sea cual sea, ya es ganancia. No crea que soy un inocente. Cada vez que recojo a alguien en el camino puede ser un malandro. Quizá viene huyendo. Pero uno qué va a saber y por qué va a juzgar. ¿Quién no ha huido de algo?, como si dijéramos.

Vuelve al cigarro y una bocanada de niebla le brota de lo hondo.

—A cada vuelta de la esquina podemos ser otro. Es lo que tienen estas ciudades jóvenes. Después de esto, usted, se lo digo yo, será otro...

—¡Cuidado!

—No chingue. ¿Vio eso? Pinches locos.

Apenas por unos centímetros, al torcer el volante, esquiva dos sombras raudas que pasan a su izquierda. El conductor aprieta dos veces el claxon, molesto. Únicamente se distinguen las siluetas y los faros rojos coloreando la neblina.

—Estuvo cerca.

—No se puede hacer eso con este clima. ¡Vaya manera de jugarse la vida! ¿Olió eso?

—Hay gente que le importa madre todo.

El expolicía le dirige una mirada suspicaz a la Borrega: su rostro maltrecho, su brazo fracturado. Arquea las cejas y se lleva el cigarro electrónico a la boca, aunque en lugar de dar una calada, se limita a morder la boquilla.

—¿Olió eso? —vuelve a preguntar—. Huele a quemazón.

El pasajero intenta alzarse de hombros. Ahoga el gemido y aprieta los dientes. El brazo está adormecido.

—No tardan mucho en darse en la torre. Le decía: debería existir algo entre la gente que circula. ¿Qué más da si uno es un criminal, un padre de familia, un sacerdote o un asesino? En mi trabajo vi cómo unas y otras personas se transformaban en un santiamén. Basta un instante para volverse otra persona, ¿cómo ve lo que le digo?

La Borrega no responde.

—Acá en el norte, mejor que en cualquier otra parte, uno puede reinventarse. Olvidar, transformar, matar y besar la frente de sus hijos. Podemos ser cualquier cosa. Usted mismo,

¿quién es? ¿De qué huye? No conteste, por favor. O esos que ahorita pasaron a raja madre. ¿A dónde van? ¿Por qué la prisa? Ni ellos saben. Pero vamos. Avanzamos. Adelante. Sin mirar atrás… y muy poco para el frente, como si dijéramos.

—Yo no sé quién soy, pero sí sé qué quiero. Eso es lo importante, primo —contesta la Borrega.

—Puede ser…

Se escucha de pronto un golpe fuerte. Un estruendo de metal torcido que recorre la niebla entera cual advenimiento de una tormenta automotriz. Al final, queda como nota sostenida un claxon accionado.

—Ya se dieron —dice la Borrega.

El expolicía aprieta el interruptor de las intermitentes y se detiene poco a poco. El neumático pellizca la grava suelta de la carretera. Avanza despacio. No dice nada y se mete el cigarro en la boca.

—¿Habrán sido ellos?

Jala aire a través de la boquilla.

—Estoy seguro.

Alrededor revolotean pequeñas sombras en la niebla. El fulgor naranja de las luces pinta con ritmo el contorno del vehículo. Al final una sombra cae frente al parabrisas.

—¿Qué es eso?

El expolicía saca la mano, aún sin detenerse del todo, toma el papel pegado en el vidrio.

—Es un billete de mil pesos —dice.

A la Borrega le parece una especie de milagro: baja el vidrio y, con una mueca de dolor, estira su brazo bueno hacia el frente, buscando más sombras. La fractura le punza en cada movimiento, pero atrapa dos o tres billetes en el aire y se le escapa una mueca que parece una sonrisa.

10

La resolana exprime la piel del Acerero mientras cubre con cinta las tomas de escape y admisión de las cabezas del cuatro cinco cuatro montadas en el monoblock.

Carolina desde la puerta pregunta si puede estar con la niña mientras ella se mete a bañar.

—Déjala que salga —dice él.

La pequeña, al salir, curiosea en silencio entre las llaves y dados dispersos en el suelo. El Acerero la observa de reojo mientras con el torquímetro aprieta los tornillos de las cabezas con las libras adecuadas. La niña mira, con el entrecejo arrugado, el motor en su soporte.

—¿Sabes lo que es esto? —pregunta él.

Ella tarda un momento en responder que no.

—Es un motor que estoy preparando para la camioneta.

La niña se muerde los labios porque no tiene nada que decir. Después toca con un dedo la orilla de una polea y se mancha de grasa. El Acerero la limpia con los faldones de su camisa. Después gira el soporte rojo donde el motor está atornillado. La máquina queda boca abajo con el depósito de aceite descubierto. Las bielas sin sus tapas se intercalan con los tornillos de los sostenes principales cual esqueleto de hierro.

—El cigüeñal va aquí, se amarra a las bielas y a estos agujeros del block —golpea los arcos de las bancadas—, y al dar vueltas, empuja estas cosas arriba y abajo y eso hace que la camioneta se mueva.

—¿Y cuándo lo vas a prender?

—Cuando tenga el cigüeñal.

—Mamá dice que es mucho gasto —dice secamente.

—Mamá se equivoca. Podré cargar más fierro del que llevo ahorita. La voy a llenar de chatarra y como si nada.

La niña voltea hacia la camioneta estacionada en la cochera.

—Además —agrega el Acerero—, nuestros paseos en la noche serán más divertidos.

—¿Por qué?

—Ya lo verás.

Ella no deja de observar la camioneta, entrecerrando los ojos por el brillo del sol. Después camina hacia la calle. El hombre toma su muleta recargada en la pared y la sigue.

Mira a ambos lados del camino, recordando algo. "Esto es un muerto", piensa y ve ante sí los ojos de un cadáver.

—No te bajes de la banqueta. Ya sabes cómo conducen los vecinos —dice.

La niña no responde. Apunta con el dedo a una sombra en los bajos de un automóvil.

Hay una gallina cloqueando. Aún no pierde el plumón de polluelo. Camina empujando la cabeza hacia adelante. Ambos la ven un momento. El Acerero se da cuenta de que la niña quiere tocarla.

—¡La cigüeña!

—Ve por arroz —todavía no acaba de decirlo y la niña desaparece en el interior de la casa.

Regresa con los dos puñados de cereal. La gallina sigue en la sombra. El Acerero, acodado en su muleta, se seca el sudor con la mano.

El automóvil es un trabajo de mecánica. Debe remplazar los anillos de los pistones, pero no aflojará un solo tornillo hasta que no le den un adelanto.

—Pon el arroz aquí —le indica.

La gallina no quiere volver a salir al sol.

—Hazle un caminito así.

Apenas da unos pasos fuera de la sombra y la niña la atrapa y la acuna contra su pecho.

—Es bonita —dice ella con el rostro súbitamente iluminado.

—Lo es.

—¿Podemos quedárnosla?

Lo piensa un poco. Cree que ya tienen suficiente con el perro. Mira calle abajo. Únicamente hay dos hileras de autos y camionetas estacionadas. El hormigón refleja el calor blanco del cielo fluorescente como un comal al fuego. Luego dirige la vista a la puerta de su casa donde la regadera enmudece. Carolina se va a enfadar, pero no importa. Hay algo de irreparable ya entre los dos, como para prestarle excesiva importancia. Las cosas están peor que de costumbre y ver a la niña sonreír lo calma un poco.

—Ándale. Le pondré Cigüeña.

—Es cigüeñal.

—Bueno, Cigüeñal.

—Sí. Puedes quedártela. Pero si aparece el dueño tendrás que devolverla.

—¡Sí! —dice la niña, quien ya camina llevando al animal al interior de la casa.

El Acerero con la muleta aún en la axila, voltea al final de la calle al reiniciar el camino a la sombra del porche. Sabe perfectamente de dónde se escapó esa gallina y que nadie vendrá a reclamarla. Traga saliva y de nuevo recuerda: "Esto es un muerto" y experimenta algo parecido al miedo.

11

El Lobo toma el cuerpo de las axilas y lo arrastra al interior del Palacio de Fierro. El cadáver sólo tiene una bota y con ella deja un surco en el lodo aceitoso.

Nunca le importó realizar la clase de trabajo en donde uno se ensucia. Trabajo es trabajo. Lo malo es que ahora tiene que pagar su propia marihuana. Antes la birlaba de cualquier casa de seguridad en la que entrase, hoy tiene que pedir hierba fiada.

Acerca la nariz al cuerpo. Huele mal, pero no hace caras. Quizá vivo apesta más que muerto. Aún llueve a ratos. Suena una radio con una polca a todo volumen: "El sube y baja" de Los Gavilanes del Norte.

Maniobra con el cuerpo sin quitarse el carrujo de hierba de la comisura de la boca. Cuida que su sombrero, un bombín, no se caiga al suelo sobre un charco.

El muertito, que estaba en la fachada, estaba muy flaco. Le faltaba un ojo, le quemaron la cara y finalmente le descerrajaron un tiro en el cogote. Cuando el Lobo se acercó a él lo primero que pensó fue que era una lástima que sólo tuviera una bota. A ojo de buen cubero, juzgaba que calzaban del mismo número.

El Matamoros le marcó media hora antes. "Chamba", le dijo. Sonaba cansado. Le dio la dirección. "Al menos espérate a que deje de llover", le respondió.

En la fachada hay un letrero pintado con letras rojas: El Palacio de Fierro. Dentro del negocio hay varios cuerpos más. Mete su camioneta para no cargar la herramienta: una Ford Lobo Supercab dos mil cuatro, color rojo con caja ranchera. Manipula la perilla del radio para subir la música. Saca un pico con el que aflojará la tierra. En el suelo de la camioneta hay varias latas de comida y botes de cerveza.

Con la herramienta en la mano mira alrededor del patio. El huracán limpió toda la grasa de la tierra hasta dejar estrías claras de rocas amarillentas. Hay unas pilas de motores quebrados, un trascabo descompuesto, una granadera con la torreta encendida, unas flores esporádicas y varios cuerpos: dos policías, una mujer y un gordinflón reventado, debajo de una prensa hidráulica.

Se acerca a los policías y revisa que no tengan armas de fuego. Mientras está en eso, el dueño del yonque aparece. No se dirigen la palabra. Matamoros le avisó. Iba a guardar a los muertitos ahí, después los iba a mover a la Huasteca.

Humberto abre la granadera y apaga la torreta. La echa a andar y la lleva hasta un rincón. Luego la cubre con una lona azul.

—Qué pinche desmadre —dice el Lobo, sacándose el cigarro de la boca.

Humberto no contesta. Entra a la oficina. Después sale con el disco duro de una computadora arrancado con todo y cables y lo echa a la caja de la camioneta roja.

Una gota de lluvia cae sobre el bombín del Lobo. Se lo quita para tallarlo con la manga. Muestra una mata de cabello negro con un mechón plateado que cae sobre su cara picada de viruela. También cuida su indumentaria: sacude el polvo que le cubre los hombros de su camisa vaquera. Le gusta mucho porque tiene dos claveles bordados, uno en cada clavícula.

Da otra calada al cigarro y camina con las herramientas hacia el fondo del patio para empezar a cavar una zanja. Al alejarse descubre un cuerpo más. Junto a una hoguera apagada hay un tipo tumbado con un mazacote de fierro en lugar de cabeza. Moscardones verdes bailan sobre él. Lo mira con atención. Se le figura idéntico al hombre descalzo.

El Lobo, con el carrujo pendiendo de sus labios, sonríe. Éste sí tiene las dos botas: son bellas botas ambarinas de piel de víbora.

Antes de agacharse para quitárselas, llaman a golpes al portón. Se lleva la mano a la cintura donde guarda una Beretta plateada. Por primera vez, desde que llegó al Palacio de Fierro, se pregunta quiénes serán los desgraciados que debe recoger a pedazos. Humberto sale de la oficina haciéndole una seña para que se tranquilice. Abre el portón y habla desde el quicio hacia afuera durante unos minutos.

—Van a entrar.

—Órale, ¿quiénes?

—No importa —responde Humberto, mostrando un fajo de billetes del que saca unos cuantos y se los entrega.

—¿Y qué chingados quieren? —pregunta el Lobo mientras repasa el dinero con los pulgares.

—Nada más vienen a ver, hombre.

—Órale. Ni que fuera circo.

Antes de dirigirse al portón, Humberto baja el volumen de la música. Abre y entra una camioneta Dodge color verde bastante vieja. En la caja tiene dibujada una tortuga. De su interior baja un joven de no más de veinticinco años. Tiene el cuerpo estilizado y musculoso, encerrado en unos jeans apretados y una camisa de tirantes.

Acto seguido, un viejo desciende de la troca. Aunque resulta visible su edad, el cuerpo luce aún duro y correoso.

Tiene lentes oscuros y observa todo sin mostrar ninguna expresión.

El Lobo enciende de nuevo el cigarro de marihuana. Se inclina sobre el cadáver y tiene que usar las dos manos para poder quitar una de las botas. Mira un rato el pie amoratado. La bota huele horrible. Hace calor. El sol emborronado levanta la humedad. Mira al viejo y al joven con morbo.

De verdad sólo vienen a ver. Observan con placidez las heridas de los cuerpos: las protuberancias que abrieron el plomo y el acero. Las comentan en silencio, como maravillados ante una galería de arte o un escaparate con los últimos modelos automovilísticos. El chico toma fotos al vuelo con una cámara Polaroid.

El sicario abandona la bota, intrigado por el comportamiento de los dos recién llegados. Humberto desaparece dentro de su oficina.

Se emocionan con el gordo tumbado debajo de la prensa hidráulica. El viejo acaricia el vástago reluciente debajo del cilindro. Lo toca justo donde se extiende una mancha marrón de sangre seca. Las moscas vuelan en todas direcciones, como si sus murmullos antieuclidianos trazaran un mensaje de muerte en el aire.

El joven no gesticula. Saca las fotografías y se aparta el cabello de la frente cuando le estorba demasiado. El viejo se desabrocha unos botones de la camisa y seca el sudor que le perla el cuello.

Después de varios minutos, caminan hacia el Lobo.

Al acercarse, observa que el viejo tiene un enorme parche de piel nueva que le sube del pecho hasta sobresalir por la nuca. El anciano, más que respirar, jadea. De tanto en tanto, pide al muchacho que le humedezca con una botella de agua su pañuelo que frota contra los grumos de carne nueva. Los lentes oscuros impiden saber qué mira al hablar. Su voz gruesa suena ahogada por una especie de excitación.

—¿La camioneta es suya?

Ante lo inesperado de la pregunta, el Lobo pide que la repita.

—El señor pregunta si la camioneta es suya.

Interrumpe el joven detrás de él, con una voz delgada y frágil, contraria a sus manos y su porte tosco.

—Sí es mía. ¿Por qué?

—Porque al señor le gustaría alquilarla.

El Lobo mira al viejo. Da una calada al cigarro de marihuana y camina con ellos hasta la camioneta.

—Órale. Nadie puede conducirla —se limita a decir, mientras se asegura de que las puertas están cerradas— y menos un viejo mañoso. Con todo respeto.

—Oh —exclama Ricardo Prieto—, mentiría si le dijera que me interesa manejar.

Su mano, también quemada, casi transparente, acaricia la parrilla, justo al lado del emblema de Ford.

—¿Entonces?

El joven saca un fajo de billetes.

—Sería sólo para una sesión de fotos. Se puede manchar un poco la carrocería, pero nada más. Ni siquiera tiene que darnos las llaves.

—Órale pues. Les doy media hora, mientras termino lo que ando haciendo allá —dice—. Pero no pueden abrirla.

El viejo dice algo, pero el Lobo no alcanza a escuchar del todo.

—¿Qué? —pregunta.

—El señor quiere saber si la camioneta corre —dice Archibaldo.

El Lobo se descubre la cabeza. Sujeta su bombín con una mano y sonríe.

Nada se detiene del todo. Esto eres tú antes de impactar: un cuerpo sin lenguaje cuando las láminas se tocan. Revoltijo de ruidos al unísono. El aire enrarecido dentro de ti sale comprimido por el cinturón de seguridad que te mantiene en tu sitio. El resto de las cosas en la camioneta salen tras de ti. Emergen de entre los asientos en partos improbables: monedas, botes vacíos de líquido de frenos, herramienta, guantes, una botella de refresco. No lo piensas. Lo sientes en cada poro. El espacio se contrae, garra de acero apretando. Al frente, una camioneta. Choque frontal. Los hierros gimen al penetrarse. La Syclone se cimbra. Nada se detiene nunca. Golpeas el volante con la frente. Tus pulgares se quiebran sujetados aún. El pedal del embrague se levanta semejante a una lanza, empujado por la llanta delantera que se recorre, hundiéndose en la polvera. El embrague se tuerce y escupe el hule en el que reposaba tu pie, cual tornillo gigante te horada la tibia y se hunde entre los músculos de tu pantorrilla. No tienes tiempo de gritar. Quien aúlla por ti es el cristal roto, el motor descontrolado, el metal hendido que con su cromo brillante se dobla ante ti. Algo más viene y no termina todo con el choque. Un fardo tapa el sol. Un eclipse momentáneo y después la imposibilidad escarlata. Un alumbramiento imposible: un cuerpo descoyuntado se estrella en el parasol y luego en el parabrisas demoliéndolo. Nada se detiene nunca del todo. Los ojos del cadáver quedan a la altura de los tuyos. Junto a tu pie el motor uve seis ruge más que nunca como un caldero a punto de estallar. De todos lados emerge una nube blanquecina de vapor, de esmog, de humo y va borrándote las líneas de las cosas. Algo turbio se eleva. Aunque estás inmóvil, algo profundo y arrebatador te empuja. Nada se detiene. Preferirías desconocer ese cuerpo que está frente a ti, un guiñapo suspendido, con los ojos abiertos, de pronto no puedes, en medio de lo blanco, verlo.

12

—La última vez lo pagaste veinte centavos arriba.

Es la primera vez que el Acerero entra a la oficina en el Palacio de Fierro. A un lado de la mesa respira con mansedumbre un perro avejentado. Apenas levanta la cabeza y lo mira con un solo ojo.

—No puedo aguantarte el precio, hombre —responde Humberto, viendo la boleta de la báscula.

Tras comprobar la cantidad, la multiplica en una calculadora que tiene en su escritorio. Humberto saca un fajo de billetes para pagar el fierro que acaban de descargar en el patio. Una cucaracha repta en la esquina de la pared.

—Dame un diez; no me cargues la mano. No sabía de la bajada de precio y lo pagué más alto.

Humberto guarda silencio. Detiene el conteo del efectivo. En su oficina hay fotografías de caballos, motocicletas, una computadora empolvada y el monitor en donde se intercalan imágenes de las cámaras de seguridad.

El Acerero insiste:

—No me sale.

—Hombre, si no te sale, llévalo a otra parte.

Al Acerero se le encaja la grosería sin que mude de expresión. La cucaracha en la esquina lo distrae. Repta hasta ponerse casi encima de Humberto como una aureola negra.

—Tampoco es para que te pongas así. ¿Ya ni las manos me dejas meter?

—Ya te he dicho que cheques los precios antes de comprar a lo pendejo. El precio se está cayendo, hombre. Desde hace semanas. Ya viste el patio. El motor quemado no sirve. Pero no llega nada de la frontera. Eso es de un corralón que se quemó en Apodaca y alguien lo está aventando todo.

—¿Se quemó?

—O lo quemaron, me vale verga. Ya no sé si ando ganando o nomás me ando haciendo pendejo. Te lo pago veinte abajo con ganas de que me digas que no, hombre.

El perro agita la cola. Hace el amago de levantarse, pero desiste. Vuelve a ver al Acerero con su único ojo.

—Así está la cosa en todos lados, pero no me cargues tanto la mano. No te estoy pidiendo el precio anterior, pero reconóceme un diez. No me va a salir ni lo de la gasolina. No puedo llegar a mi casa así.

Humberto no dice nada. Lo mira de arriba abajo. Abre la boca, pero el Acerero lo interrumpe:

—Hay una cucaracha ahí.

—¿Dónde?

—Ahí —apunta con el dedo.

—Ya la veo, hombre.

Se inclina debajo de la mesa y saca un aerosol. Rocía generosamente la esquina de la pared apuntando al insecto. El aire se llena de partículas químicas. El perro se levanta y sale por la puerta. El polvillo tóxico cae sobre ellos también. La cucaracha cae, patalea y desaparece en un rincón.

—¿Conociste a mi padre, que en paz descanse? Trabajó hasta el último día de su vida. Primero arreando vacas y cabras, después acá en el yonque. Nunca se sentaba. Hombre, parecía que tenía chincuales en la cola, siempre en friega pa'rriba y pa'bajo como alma que lleva el diablo. ¿Y para qué? Para que se lo chingaran aquí mismo. Cuando lo desaparecieron pensé muchas cosas, pero una no se me quita de la cabeza... Tanto andar jalando para nada. Por eso hay que tener un plan, hombre. Para no andar en chinga sin llegar a ningún lado.

—Ajá —asiente el Acerero, pero no parece comprender.

—Haz planes, hombre. Yo tengo uno. Tú también deberías tenerlo.

Toda la estancia huele a insecticida. Para calmar al Acerero que se revuelve en su silla, añade:

—Te daré un cinco extra. Nomás porque eres amigo y no quiero que te agüites.

Rehace la operación en la calculadora.

—Hombre, ¿a poco nunca te has sentido así? Que andas en chinga loca moviéndote como pendejo y nomás no llegas a ningún lado.

Empuja el efectivo, pero el Acerero no lo toma.

—Sé que te gustan las camionetas. Lo veo en tu ese diez, hombre. Andas bien apurado, pero esa troca trae mucho varo encima.

—Es una Syclone.

Humberto voltea a los monitores:

—Lo que sea. Mira... —las pantallas muestran a una decena de hombres trabajando con los motores y escalando las montañas de hierro quebrado—, el negocio no siempre estuvo así. ¿Te han contado lo que pasó después del huracán?

—He oído un par de cosas, sí.

—¿Qué has escuchado?

—Que encontraron unos muertitos en el patio.

—No los encontraron. Los encontré yo. Le alquilé la bodega a un tal René. Lo siguiente que supe es que había tres, cuatro, hombres, no sé cuántos, no los conté. A tiros, a golpes, incluso usaron la prensa hidráulica para reventarle la cabeza a uno. Y aunque limpiaron, anduvieron chingando los ministeriales. Me arruiné. Me demandaron en conciliación. Pusieron sellos durante veintiocho semanas. Perdí todo el dinero y con créditos por pagar.

—Algo me contaron, sí.

—Lo que quizá no sabes tan bien es que fue Prieto el que me levantó. El de la Cóndor. Un día me marcó y me dijo que empezáramos a trabajar. Me ayudó a quitar los sellos. Y me llenó el patio de motores. Hombre, toneladas y toneladas de motores. Y uno debe ser agradecido. Lo hizo de buena gente. Sólo me pidió una cosa a cambio.

—Ajá.

—Es fanático de las carreras.

—Patrocina un equipo en la tres mil, ¿no?

—Sí. Y algunos dicen que más de uno. Además va mucho al autódromo. Pero es más que una afición, hombre. Está obsesionado con los carros, con las camionetas, con los motores. En particular tiene una fijación con Le Mans.

—¿Las veinticuatro horas de Le Mans?

—Sí. Hombre, el caso es que está obsesionado por hacer una especie de Le Mans mexicana o algo así.

—¿Es en serio?

—Y precisamente lo que me pidió es que le ayudara a organizar una carrera anual de camionetas entre sus dos fundiciones. Saliendo de Santa Catarina y llegando a Ramos Arizpe.

—Estamos hablando de una carrera, pues.

—Estamos hablando de mucha lana, hombre. De un premio de un millón y medio de pesos, mínimo.

—¿Es ilegal?

—Nai, nai. No pienses en eso. Es gente de confianza. Y hay una vacante. Uno de los pilotos se rajó. La inscripción son doscientos cincuenta mil pesos, pero podemos tomar la papelería de la camioneta. ¿Qué motor tiene?

—Ahorita el cuatro punto tres Vortec de fábrica, pero sólo me falta el cigüeñal para terminar el cuatro cincuenta y cuatro. Los tacones ya están montados en el chasis. La transmisión está lista. Es una doscientos erre cuatro con embrague de aluminio.

—Con todo eso que tienes encima, si tienes problemas de dinero es que estás mal de la cabeza, hombre —piensa un poco—. Con la papelería bastará.

Con los ojos señala el montón de billetes sucios sobre el escritorio de hojalata. El Acerero se recarga, ve en el monitor que frente al Palacio de Fierro se detiene una camioneta Ford Lobo roja con los vidrios tintados. A lo lejos suena una polca. La cucaracha reaparece en medio de la neblina tóxica, como si nada. Alarga la mano para recoger el dinero.

13

—Chiquita, quédate aquí.

Carolina deja a la niña en la regadera y sale del baño. La comida se enfría en las cacerolas. El olor a gasolina ardiendo se mete en casa. Aún con el celular en la mano va a la puerta. Se impone el sonido del claxon sobre sus pensamientos. La niña no la sigue.

Al poner un paso afuera, el perro se escabulle entre sus piernas con algo en el hocico: un papel violeta.

Lo sigue con la mirada.

La mujer distingue entre los dientes del animal la efigie de Miguel Hidalgo y comprende que es un billete. No le da tiempo de tejer para sí la incredulidad. A su alrededor hay más billetes girando en el aire. A algunos los acompaña el aura azulada de las llamas. Otros no acaban de llegar al suelo. Una ráfaga de aire los eleva de nuevo cuando están a punto de caer.

Arriba del terraplén de la autopista, se recorta una columna de humo negro en medio de la neblina blanca. Miles de pesos giran en el aire cargado con la nota de la bocina que le eriza la nuca. Se muerde el labio inferior. Su cabeza se desordena. No sabe si la niña sigue escondida en el baño, si su marido está bien, si debería recoger los billetes que llueven como maná en el desierto, si debe seguir intentando buscar el número de Protección Civil, si todo puede saltar en pedazos si las llamas llegan a un tanque de gasolina, si la niña tiene hambre.

De pronto en su mano timbra el teléfono.

Mira la pantalla sin reaccionar: es su esposo.

14

El mercurio luminoso de las farolas dibuja arabescos móviles en la espalda desnuda de Frida. Enfundada en un vestido blanco, se sostiene a horcajadas bajo el tablero de la camioneta. Debe contorsionarse para evitar la palanca de cambios y alcanzar con la boca el pene del conductor que tiene un cubrebocas.

Se esmera en el trato. Escupe en el miembro y lo frota cuando la mano del piloto se desliza para cambiar la velocidad. Sabe que eso le gusta porque siente cómo se tensa entre sus dedos.

A ella no le da confianza que use cubrebocas pero, como está más pálido de lo normal, imagina que es porque está enfermo. Además, paga bien. Mucho mejor que la mayoría. No pregunta cuánto, se limita a entregar un puño de dinero. Y no pide trato de novia como todos los hombres que dan propina. Es suficiente para que valga la pena. Después de que acaba, con el semen goteando del glande cual radiador agujerado, se vuelve dócil. Apenas habla español.

Hoy no será diferente. Incluso redobla el empeño sobre su miembro con el mismo brío que él agita la palanca de cambios. Ve sus pies moverse en los pedales del embrague y el acelerador. Surcan la noche terca entre el horizonte recortado de fábricas y un zodiaco luminiscente de suburbios desparramados en los cerros.

Quiere que al llegar a su casa apenas le basten dos embestidas para vaciarse. Eyacula cual inyector de gasolina. A cada serpenteo de la lengua en su glande, él aprieta el acelerador para llegar cuanto antes a Pesquería.

Deslizando su mano, el conductor le aprieta las nalgas y le levanta el vestido. Introduce el índice y el anular en la vagina. Está mojada y ella lo detesta. Si hay algo que le fastidia de su trabajo es excitarse de verdad. Aprieta el vientre.

Se incorpora, sin dejar de masturbarlo. Él retira su mano. Al entrar al residencial el conductor baja la velocidad. La mujer imagina que hay siluetas en las ventanas, masajeándose la entrepierna.

Estaciona la camioneta. El conductor desciende sin disimular la erección. La toma de la mano para empujarla al interior de la casa y apenas cruza el dintel, le levanta la falda para penetrarla.

Mientras lo hace ella mira a su alrededor constatando que la casa sigue vacía, salvo por un sofá raído. La pared blanca y desnuda, que aún huele a pintura, recibe sus manos apoyadas mientras la encula.

Frida intuye que, con su vestido blanco levantado sobre la cintura, es sólo otro vehículo para conducir. Su urgencia por el coito es para no perder la sensación de velocidad del camino, para no olvidar el zumbido del aire que corta la carrocería, el plástico reluciente del tablero y la luz verdosa de los indicadores de velocidad.

Gime y aúlla, pero sospecha que él prefería que emitiera un bramido de acero como el escape deportivo del Honda uno punto seis, uve tec turbocargado, que tiene debajo del cofre.

El conductor la embiste sin parar. De pronto le sobreviene un ataque de tos que lo obliga a detenerse. A cada espasmo el sonido se vuelve burbujeante. Tose hasta que el cubrebocas se tiñe de rojo.

Se retira tambaleándose, murmurando en coreano, hasta sentarse en el sillón de la sala vacía. Frida se queda un momento con el culo levantado. Observa al hombre y se da cuenta de que ha perdido casi todo el cabello.

El conductor reclina la cabeza en el respaldo y con los ojos nublados mira el techo. La sangre dibuja una línea de su boca hasta la garganta.

Observa las diminutas líneas de fisuras de la casa nueva que se cuartea por la exposición perenne al sol. Imagina que mientras él cubre el turno en la armadora la casa se calienta hasta expandirse cinco o siete centímetros. Luego en la noche se contrae como si respirara. Las grietas que corren en diferentes direcciones son los perfiles aerodinámicos de los marcos de acero en la armadora. Ante sus pupilas evanescentes, circula la línea de ensamblaje que supervisa durante el día.

Los cofres plateados danzando ante las líneas paralelas de halógeno son ángeles de hielo; los motores puestos en línea con las poleas negras parecen moluscos de un solo ojo; las prensas, maquinando y recortando las placas de acero, modelan el metal hasta un suspiro aerodinámico.

Parecen brillar en el techo las chispas de los brazos robóticos, soldando y apretando birlos; bruñendo, a buril autómata y escoplo mecánico, el sueño metalúrgico convertido en el recipiente de la velocidad. El olor de la goma nueva de los autos circulando cual novias vírgenes entre obreros anónimos, listos para rodar en el asfalto solar.

Frida no lo interrumpe. El pene color ceniza se encogió hasta desaparecer en su vello púbico. Casi duerme. La respiración le brota en un silbido húmedo. Frida se baja la falda. Con un mensaje de su celular pide un taxi. Apenas le pone una mano en el hombro y él señala un frasco en la barra de la cocina. Sigue mirando al techo, viendo cómo las luces de los autos esporádicos que abandonan el residencial, en un llamado de la fábrica, iluminan el interior, movilizando las sombras.

La mujer quisiera quitarle el cubrebocas y limpiarle la sangre. Pero no le ve sentido complicar las cosas. El frasco tiene suficiente dinero.

—Oye, ¿hablas español?

El conductor apenas da signos de escuchar. Las sombras móviles, semejantes a las que ha visto en la espalda de Frida mientras lo felaba con furor, le recuerdan su vida de estudiante en Osaka. Matándose en la carrera de robótica e ingeniería automotriz, cuando en la noche corría en el Aro.

—¿Cómo te llamas?

La mujer insiste en hablarle.

—Kanjo.

Aunque entiende la pregunta, no la responde. Habla de otras cosas. Frida se da por satisfecha.

—Hasta luego, Kanjo. Mejórate.

Sale a la cochera. La camioneta aún está caliente. Los interiores chasquean al enfriarse. El taxi le cobrará bastante desde Korea Town al centro, pero aun así vale la pena. El cielo está vacío, sin estrellas, y refleja la luz anaranjada de la ciudad en un incendio. En una ventana ve una silueta. Camina tañendo el eco de sus tacones contra las fachadas de las casas.

15

Es indisociable de su camioneta. Al poner su pie en el acelerador se produce una comunión entre la máquina y el Acerero. Un misterio ontológico que funde dos formas en una sola sustancia.

Al verlo ahora sosteniendo el volante, reconoce que al conducir está en otro lado. El silbido magnético de las llantas sobre las avenidas negras lo sintoniza con la frecuencia del sueño. El halógeno de las farolas circula en rayas amarillas paralelas sobre el cofre e ilumina su mentón de forma intermitente.

La camioneta es una ge eme ce Syclone modelo mil novecientos noventa y uno, plateada, con un motor uve seis, cuatro punto tres litros, dos sesenta y dos Vortec turbocargado. Las líneas cuadradas del vehículo cortan el aire y lo empujan hasta la ventanilla en donde murmura y despeina el copete del Acerero. Impecable, toda la geometría del vehículo punza igual que un estilete. Los interiores plásticos, desgastados y negros, poseen la pátina de un protector de vinilos. El tablero, el volante, la palanca de la transmisión automática en el centro: todo parece un punto de fuga al infinito.

Todo excepto una marca apenas perceptible en la parte superior del parabrisas. Una abolladura que se hunde en el marco del parasol y que muestra la fisicidad de algo que pareciera etéreo. El rastro de un viejo accidente que, por una razón que no entiende del todo, prefirió nunca reparar. Todo el frente quedó nuevo después del choque, excepto eso.

Carolina está convencida de que el cuerpo del Acerero fue hecho para estar detrás del volante. Le cuesta admitirlo, pero le encanta la expresión que se le dibuja ante los semáforos cambiando, como si realmente supiera a dónde va. Verde, amarillo y rojo iluminando su cejo inexpresivo. Igual a su rostro cuando se sube desnudo sobre ella. Los colores desplazándose en fuga, las luces yendo entre las sombras de la cabina.

Su primera cita consistió en conducir al azar, recorriendo avenidas, tréboles y desniveles de la ciudad nictálope hasta llegar a un restaurante aleatorio y ordenar en el autoservicio. El patrón se repite hasta la fecha. A veces bajan a comer, pero es inusual. El Acerero casi nunca usa bastón o muletas. Su única prótesis es la Syclone.

Luego regresan sin prisa, tomando rutas periféricas, recorriendo el laberinto urbano reducido al negro, los letreros y farolas iluminando a pedazos las calles.

Al principio le pareció triste circular a la deriva. Veía trozos de ciudad irreconocibles, pero a la vez muy similares entre sí. Carolina no lo sabe decir con certitud, pero le hacía dudar sobre la particularidad de su propia casa y su propia vida. Una sorpresa incómoda al descubrir que todas las existencias, lo mismo que las fachadas, los nombres de las calles y los letreros de los supermercados eran fotocopias en serie.

Pero, poco a poco, de ser una amorfa masa de callejones, la ciudad iba amoldándose a los paseos y avanzadas de la camioneta. Al final a ella misma le nació una fascinación por desmadejar los nudos y los cruceros. Conocer los callejones oscuros entre naves industriales. Entendió la cautivadora belleza de encontrar unos faros rojos detenidos en la noche. El parpadeo tranquilo de los semáforos en la madrugada. El esporádico conductor orillado ante una puta. El resplandor nocturno de los puestos de comida que atraen a los borrachos y las polillas. El circular sincronizado de las luces sobre el parabrisas.

Hay una calma hipnótica en la ciudad que duerme.

Dar vueltas al azar le produce la sensación de que todos están en el mismo camino. Una extraña solidaridad que nadie atrapado en el tráfico diurno parecía comprender. Creía que, si se movían con suficiente aleatoriedad, llegarían a algún lugar específico y propio. Como si las vueltas fortuitas pudieran guiarlos a una meta verdadera.

De día se avanzaba para moverse en el mismo sitio. De noche las distancias se disolvían en un espiral de velocidad y contingencia.

De pronto cree que todos los corazones: el suyo, el de su hombre y el de su hija que dormía entre ellos se acompasaban con el latir de la ciudad que corre por debajo de los carriles desdibujados y todos, en un pálpito sincrónico, seguían el imperceptible girar del cigüeñal en el motor frente a ellos.

Entonces mira a su marido y piensa que nunca es más él mismo que cuando voltea al frente sosteniendo el volante. Las discusiones se disuelven, el dinero no importa, el silencio entre ellos es complicidad. Siente que en alguna de las paradas al azar encontrarán una región de un paraíso fluorescente. Y en una avenida de cuatro carriles, recta y vacía, acelera casi de forma instintiva. Al recargar su cabeza en la parte posterior de la ventanilla, el pelo se le despeina hacia afuera. Cierra los ojos e imagina que la camioneta circula a centímetros del suelo.

16

En lugar de arrancar, cuando Tortuga gira la llave del encendido de su Dodge, sólo suena un clic sordo. Desciende del vehículo azotando la puerta y le da tres patadas a la polvera delantera hasta abollarla.

Mira en derredor. Hay un taller mecánico, aunque parece cerrado. Maldice entre dientes. No es suficientemente tarde para cerrar. Golpea tres veces la cortina de metal. Atrás los automóviles en el tráfico se apilan en hileras resplandecientes. La radio de la camioneta sintoniza las noticias de las siete de la tarde. El locutor informa sobre la desaparición de Andrea Paola Longoria Saldaña, empleada federal, cuyo paradero se desconoce desde hace semanas. Se presume que tiene relación con la muerte de su colega en un accidente en la autopista a Saltillo.

De nuevo aporrea la cortina de metal. Piensa que en esta ciudad ya todos son unos huevones. Todos quieren dinero fácil y sin trabajar para conseguirlo.

Insiste. Golpea a puño limpio. Está seguro de que hay alguien en el local. Escucha que desde adentro alguien abre los candados. Tortuga se da vuelta y mira el tráfico a sus espaldas. Hay una avenida de ocho carriles, cuatro hacia el sur, cuatro hacia el norte, todos ellos apelmazados de coches que brillan como si tuvieran luz propia. Una constelación ingrávida que avanza lenta y silenciosa, midiendo su matemática distancia en invariables centímetros.

Se levanta la cortina del taller.

—Ocupo una llave de tres octavos. ¿Tendrá una? —dice la Tortuga antes de ver con quién está hablando.

Se queda mudo. La mujer que aún tiene la cortina de metal en la mano lo mira molesta. La Tortuga está confundido.

—¿Para qué ocupas la llave?

Tiene un acento raro.

—Tú no eres de por aquí, ¿verdad?

Ella no contesta. Entra al taller. Desaparece en el fondo y Tortuga ve adentro una Chevrolet pick up antigua color negro mate.

—¿Es tuya?

—¿Por qué la ven y lo primero que se preguntan los hombres es si es mía o no? Si fuera un mecánico gordo y grasiento ni lo dudarías —le extiende la llave—. ¿Qué le pasa a tu camioneta?

Tortuga no responde de inmediato. Piensa en lo que dijo la mujer. La mira un momento porque intenta identificar qué es lo que le atrae de ella: su acento, su cuerpo o su camioneta. Su imaginación se desentume y palpa algo que no sabía que estaba ahí, dentro suyo. Le tomará tiempo reconocer todas las aristas de ello, pero por ahora aceptará su posibilidad como algo que puede hacerlo sonreír. Algo parecido al tabú le impide pensar, simple y llanamente, que esa mujer le gusta.

—El cable de la marcha tiene falso. Lleva dando lata un tiempo.

—Pues vamos a echarle un ojo. ¿Qué máquina trae?

—Un cuatro cuarenta.

—Oh, boy! Apuesto a que corre bien —dice ella con media sonrisa.

Mientras avanza a la Dodge, Tortuga mira con más detalle la Chevy. Tiene unas llantas slicks de carrera y la goma está gastada. También sonríe a medias. Luego la ve a ella, inclinada sobre el cofre abierto. Le ve las nalgas. La rabia se hunde poco a poco en él. A su alrededor, los autos se mueven despacio debajo del cielo de hollín. Se rasca el cuello y se revisa el aliento antes de acercarse.

17

Oprime el botón verde del teléfono.

—¿Dónde estás?

Los billetes giran en el suelo. Los vecinos recogen lo que pueden. El claxon del automóvil aún suena. Formular la pregunta ordena su pensamiento. Es como un conjuro en la boca que expulsa un tapón de sus labios.

—Hay un choque en la carretera. Me asusté mucho. No recuerdo los teléfonos de Protección Civil. Sé que una vez los anotaste y los dejaste pegados en el refrigerador, pero yo y mi manía de tirar todo a la basura. Ya llamará alguien. Pero... ¡Están cayendo billetes de mil pesos en toda la colonia!

Se agacha para recoger uno. No ha visto muchos billetes de mil pesos antes. Son nuevos. Hay una combinación de tersidad y firmeza que les da la constitución de una cuchilla de afeitar.

Con un puñado de esos papelitos podrían ponerse al corriente con los pagos de la casa. Podrían hablar con la financiera. Recuperarse. Es dinero mal habido, de drogas o quizá de un secuestro, pero quién iba a echar en falta algunos billetes de esos. Mira al fondo de la calle. No ve a los niños, sólo hombres persiguiendo papelitos púrpuras.

Después cae en la cuenta de que su esposo no ha dicho una sola palabra por el teléfono.

—¿Bueno? ¿Me escuchas? ¿Dónde estás?

Deduce un problema con la recepción. Insiste:

—¿Dónde estás?

Escucha algo. Un ruido. Para oír mejor, Carolina se tapa el oído contrario. Evita que el claxon de arriba le borre las palabras.

Sus ojos se abren. A través del teléfono, debajo de otros sonidos, escucha también la bocina del automóvil. Antes de entender incluso que el Acerero debía de estar en uno de los vehículos que chocaron arriba, la mujer ya corre en dirección a la autopista.

18

—¿Qué te pasa?

La pregunta cae sobre Archibaldo, pero no la responde. Le molesta el rechinido del asiento cubierto de aceite. Es como el graznido de un pato moribundo. Al olor se acostumbra, pero al sonido es imposible. El contacto del vinilo con la piel del viejo, completamente desnudo, embadurnada con aceite cinco doble u cincuenta se escucha por encima de los acelerones del Dodge cuatro cuarenta que tiembla debajo del cofre.

Enciende el estéreo en donde tiene un disco de Matt Monro; suena en bucle: "On days like these". A veces tiene que empujar a Prieto que, en su delirio, se pega demasiado a su cuerpo y lo acaricia lascivamente. El anciano se desliza hasta el extremo de la cabina donde se golpea con las molduras de plástico de la puerta.

"On days like these when skies are blue and fields are green / I look around and think about what might have been." Rebota de un lado a otro como un feto en un útero de hojalata. Por eso no contesta. Porque incluso sabe que poniéndose violento sólo consigue agradarle más. Después de que lo golpea un par de veces, él pide ir más rápido. Le suplica que tome las rectas hasta alcanzar velocidades de tres dígitos y después, al azar, le ordena detenerse en seco. El cuerpo quemado golpea el tablero. Las rodillas abollan la guantera. A veces salpica de sangre la tapicería. Pero después de quejarse y escupir maldiciones, Ricardo Prieto ordena acelerar de nuevo.

—¿Qué te pasa, maricón? —la voz emerge de dos bocas hablando una sobre la otra.

—No me pasa nada.

—Algo traes. ¿Qué hacemos parados aquí?

Archibaldo se habría brincado el semáforo rojo. Algo ocurre. Lo que pasa es un sueño recurrente que lo despierta con el rostro pálido y sudoroso. La repetición le da tintes de profecía. En el sueño hay un gran choque automovilístico. Un choque de proporciones cosmogónicas. Una carambola que une el metal en un amasijo cada vez más grande hasta formar en sí mismo un espacio para habitar. Eso es lo que le pasa por la cabeza. Algo más grande que ambos. Alguna cosa podría colonizar, cual mesías automotor, ese espacio que sobrevendrá. Le interesan las heridas no para gozarlas como el viejo pervertido, sino para que muten en una nueva carne. De la misma forma que cruza gallos y gallinas hasta obtener un campeón; así quiere encontrar al nuevo hombre, preparado para el mundo que viene. A veces, como esa noche, cree que ese mundo ya está aquí. Que el apocalipsis vehicular que sueña es esta ciudad.

De pronto esa cacería nocturna tiene un sentido más grande que el de ver a un anciano en un letargo erótico.

Conducen al azar por las noches, buscando choques, atropellos e incendios. Antes con sólo ver la reacción de adolescente en el viejo, gimiendo a la manera de un condenado, aullando una letanía a un sol de magnesio, conseguía que Archibaldo conectara con algo que existía debajo de sí. Era como si sintonizase su verga con la ciudad misma. Como si metiera su pene por el agujero de una alcantarilla lacustre y sintiera el verdadero pulso del asfalto de la ciudad bombeando alrededor de su glande. En cada exploración, Prieto pierde algo: un diente, un ojo morado, esguince de rodilla, fracturas de dedo, cortes en la frente, heridas en la boca. Pero nunca nace lo que Archibaldo espera.

Cada noche es un lienzo negro para pintarlo con estrobos policiacos, hierros retorcidos y llamaradas azules de gasolina. Cuerpos de obreros umbríos, defenestrados contra el parabrisas de una mujer que se pregunta, entre empleados de seguro, qué fue lo que pasó. Camionetas volcadas en medio de pasos a desnivel, bloqueando todos los carriles y ofreciendo un mar de luces, constelaciones impasibles en el tráfico. Cajas de tráileres derramando su contenido, grava, conservas, leche blanca sobre el asfalto negro. De pronto se volvió excitante la gama sin fin de posibilidades que podían ocurrir con las máquinas. Un incendio en cuya llama blanca se cocinaba un taxista, un ebrio mutilado por un automóvil en fuga, una pareja decapitada por dormir en la carretera y ensartarse en la parte de atrás de una grúa de plataforma. Para acceder y retener el paraíso pútrido de las calles le bastaba con estacionarse y echar mano de su Polaroid.

El semáforo sigue en rojo y él sin articular respuesta. "And then I hear sweet music float around my head / As I recall the many things we left unsaid."

—¿Y bien?

—Nada.

A su lado resopla un carro. Ricardo Prieto se hunde en el asiento para evitar que lo vean. Asoma apenas los ojos, un cocodrilo en acecho: ve un Honda Civic plateado que tiene remates deportivos en las fascias y un alerón en la cajuela.

—Acelera.

Archibaldo no obedece la orden.

—Acelera. Veo el sol que se aproxima.

El viejo arrastra su cuerpo en ruinas entre el asiento y la palanca de cambios para llegar con su mano transparente hasta el pedal del acelerador. El motor ruge sin que la camioneta avance. A su lado, el automóvil responde revolucionando el motor a su vez. El rojo baña los parabrisas como una premonición de sangre. Prieto ofrenda su mayor logro de sonrisa con sus labios contrahechos.

—Acelera otra vez.

Ahora Archibaldo se aparta el pelo de la frente y aprieta el pedal esperando que pase algo que lo acerque a encontrar ese sueño. Lleva al máximo las revoluciones del motor.

El auto responde. "On days like these I wonder what became of you / Maybe today you are singing songs with someone new." El semáforo cambia a verde y ambos vehículos braman al salir disparados sobre el asfalto. Después de que la goma arde y chilla, los lanza a través de la línea negra de una avenida de dos carriles con coches estacionados en ella.

El torque de la Dodge le da ventaja en la salida. Pega cual mula. El automóvil queda rezagado hasta perderse en el punto ciego del espejo lateral.

Prieto, desnudo, hundido en el asiento murmura y gime con sus manos al frente como si ante él refulgiera un eclipse.

El desarrollo de las máquinas ofrece ventaja al automóvil. Poco a poco el resplandor de las luces ilumina de nuevo el espejo. Archibaldo se inclina sobre el volante y piensa, en un segundo, la forma en que saldría proyectado por el parabrisas el cuerpo desnudo de Ricardo Prieto hasta caer frente a él, si decidiera estrellarse contra un poste. Se acerca a ciento cuarenta kilómetros por hora. Sobre ese cuerpo quemado y en ruinas se edificará un nuevo orden.

De pronto se escucha la risa de dos lenguas del viejo, presiente un clímax. Con su mano escamosa gira el volante que sostenía Archibaldo. La camioneta coletea. Impacta el frente del automóvil que va a dar directo contra una Ranger amarilla.

El estruendo apenas lo oyen. Las llantas al detenerse ahogan todo el sonido. Cuando todo queda en silencio, con el ronroneo tibio del cuatro cuarenta, cual músculo desperezado, Archibaldo escucha el graznido del pato moribundo de la piel que roza las vestiduras y una risa que brota como de un espejo.

Domina la tentación de golpearlo en la cara para que se calle. Ricardo Prieto escupe sangre sobre el pecho. El tablero tiene una hendidura. Archibaldo mira por el retrovisor en medio del parabrisas y ve las luces rojas del automóvil a varios metros de él. "It's on days like these that I remember / Singing song and drinking wine / While your eyes played games with mine."

Abre la puerta y al bajar escucha que Prieto murmura, casi inconsciente:

—Bájame.

Archibaldo no cierra la puerta. Toma la Polaroid. El motor del Honda se revoluciona sin control. El pedal está atascado. El auto giró sobre sí mismo al impactar y tiene la cajuela abierta con los faros rojos encendidos. Al rodearlo encuentra un hombre calvo y gordo asomándose ensangrentado a través del parabrisas. Hay copos de cristales plateados en todos sus recovecos. El cuerpo quebrado se enreda en líneas que desconocen la anatomía. Hilos de sangre negra escurren a través del cofre arrugado hasta empapar el motor caliente.

Archibaldo observa la camioneta contra la que chocó. Es una Ranger amarilla, prístina bajo las luminarias de la noche, a la que se le encienden las intermitentes de golpe. Ambos artefactos parecen animales que estuvieran gruñendo con los belfos levantados sobre el rostro. El radiador del auto pierde líquido y la máquina humea quemando el aceite y la sangre que cae sobre el escape caliente.

Toma la Polaroid seiscientos. El zumbido de la carga del flash irrumpe discreto. Encuadra al hombre moribundo sobre la máquina. Imagina que los tubos, mangueras, empaques, cilindros y filtros del motor forman un retablo barroco y en el centro: un santo en su martirio metálico. La luz fría del flash ilumina la escena, las sombras húmedas aparecen durante un momento. Archibaldo toma la imagen y la guarda en el bolsillo de su camiseta. Una instantánea más para el álbum.

Algunas luces se encienden en las casas aledañas.

Al trotar de regreso escucha los murmullos desesperados de Prieto que quiere salir de la camioneta.

—Bájame, hijo de la chingada. Quiero ver.

Abre la puerta y cae sobre el hormigón como la parodia de un parto contranatural. Archibaldo se apresura a levantarlo y volver a introducirlo en la cabina, mientras el anciano vomita blasfemias. "I'd like to think you're walking by those willow trees / Remembering the love we knew on days like these."

—Ya viene la ley.

—Hijo de tu perra madre, obrero de mierda —dice entre espasmos sanguinolentos—. Me hubiera gustado estar ahí cuando tu perra madre se estrelló contra el parabrisas de la camioneta. Me habría puñeteado bien rico.

Archibaldo lo golpea en el centro del pecho. No fue un puñetazo. Fue apenas un bofetón y con eso basta para darse cuenta de la obscena vulnerabilidad del monstruo. Podría romperle los huesos con las manos sin esforzarse.

El anciano escupe el aire como una llanta pinchada. Después se ríe con una mueca roja.

—¿Viste el sol? —dice mientras le saca la Polaroid del bolsillo de la chaqueta y, lentamente, bajo la intermitencia del alumbrado público, se forma la imagen a partir de la emulsión—. ¡Más rápido, maricón!

Ordena mientras se hunde de nuevo en el asiento, imaginando los hierros retorcidos del automóvil, una corona de espinas en un Jesucristo mecánico. Se frota las cicatrices cubiertas de sangre y abre la boca en un grito amplio como si quisiera tragarse el sol. La voz de Matt Monro sigue sonando de fondo en medio de la noche: "Questi giorni quando vieni il belle sole / Lara la lá, lara lará, lara la lá".

Archibaldo obedece y aprieta el pedal del acelerador hasta el fondo. Los pistones en el uve ocho suenan a batir de alas de un insecto enorme.

19

Abre la caja de la pick up. Apenas carga con doscientos kilos de fierro vaciado de segunda. Tubería, prensas de embragues y escapes de motor.

Humberto emerge de la oficina. Se saludan desde lejos sin entusiasmo. Después de bajar unos kilos más se da cuenta de que salió a indicarle algo entre los montones de chatarra. Le pide que lo acompañe hasta el lugar donde los desarmadores rapiñan el acero.

—Lo encontré —anuncia Omar.

Lanza un tornillo hacia una esquina apartada para indicar dónde está. El Acerero arrastra su cojera hasta ahí. Se inclina sobre los nudos de metal de la pieza.

—Está en diez, pero con una pulida aguanta.

—No traigo nada. Si puedes sepáramelo.

Omar no responde. Tampoco pregunta por la gallina. Sigue dándole vuelta a su berbiquí con el rostro inexpresivo.

—Mejor acabo de descargar la camioneta.

Humberto está justo detrás de él. Lo detiene.

—Al fin salió el cigüeñal, hombre.

—Sí. Ya me lo enseñaron.

—Parece mentira. Tanto tiempo que lo anduviste buscando.

El Acerero hace una mueca. No le gusta quejarse.

—No tengo con qué pagarlo —hace una pausa—. De hecho, sobre lo que hablamos la otra vez…

Humberto hace un ligero ademán con la mano para que se calle.

—¿Nunca te conté la historia que me dijeron estos cabrones? —responde apuntando a los trabajadores—. Ellos no son de aquí, hombre. La mayoría es de Zacatecas. De Mazapil o San Tiburcio. Unos vienen aquí, otros se van al gabacho. Bueno, pues el sobrino de este bato —señala a Omar, que sonríe mostrando su diente de oro—, se cruzó hasta llegar a Wisconsin. Sepa la verga qué hay en Wisconsin. Lo que sí sé es qué no hay en Mazapil y en San Tiburcio: muñecas inflables.

—¿Qué?

—Por ésta. Parece mentira. La primera vez que regresó de Wisconsin, el cabrón se trajo una muñeca inflable. Y el pasatiempo que agarraron estos güeyes fue el de salir con la caguama al río a turnarse para cogérsela —se escuchan unas risas—. Hombre, sabrá dios si la lavaban bien, pero entre buche de caguama caliente y cogidas de muñecas inflables, éstos se gastaban las noches, hasta que un buen día, a uno de ellos se le fue por el río después de venirse y toda llena de semen fue a dar a un arbusto con espinas y se les ponchó en plena madrugada.

El Acerero levanta una ceja.

—Espérate, hombre, ahorita le vas a entender. La cosa es que como querían seguir la peda, fueron a la vulca para que la parcharan.

—No mames.

—Pero… ¿cómo se llamaba el de la vulca?

—Pollo —responde Omar.

—Pues el Pollo les dijo que se fueran a la chingada con sus marranadas. Hasta que esta bola de sonsos le dijo que si la parchaba y la calibraba a veinte libras, para que apretara, pero no tanto, lo invitaban a la peda y hasta le dejaban echarse un palito con la muñeca.

Los desarmadores sonríen. El Acerero apenas parpadea.

—¡Trabajo en equipo, hombre! Es la moraleja de la historia: ¡trabajar en equipo! Tú llévate el cigüeñal. No te apures, luego te lo voy rebajando en pagos de la chatarra que me traigas —dice.

Humberto camina de regreso a la oficina a grandes zancadas. El perro viejo lo sigue hasta echarse bajo una sombra.

El Acerero se inclina para levantar el cigüeñal.

—Espérese, ¿y la gallinita?

—¿A poco la quieres de propina?

Omar no responde. Escupe. La saliva desaparece entre el polvo.

—¿Crees que no sé lo que vale? Vas a tener que ofrecerme algo.

—Sí, andaba pensando en algo —responde el desarmador sacándose un guante de carnaza y calándose los lentes oscuros.

Deja el berbiquí a un lado. Se inclina sobre el bote donde guarda su herramienta. Sobre él hay un estuche metálico. Lo toma y lo extiende.

—Mire.

Pesa. Es una pistola. Un revólver antiguo y bien conservado.

—Era de mi abuelo. Se lo quitó a un federal muerto en la toma de Zacatecas. O eso me dijo. Todavía lo uso para tirarle a las liebres en San Tiburcio. ¿Cómo lo ve?

—¿De veras le tiras a las liebres con esto?

—Quedan pocas. Pero sí.

El Acerero levanta el arma. Le gusta el peso en la mano. Es un revólver de seis tiros color plata con motivos florales dibujados a todo lo largo del cañón, cuerpo y tambor. El metal muestra el color turbio de los años, las bruñidas y limpiezas. Le recuerda la fotografía Polaroid del otro día con su rostro quemado por una colilla de cigarro y se pregunta qué habría hecho si hubiera sorprendido a un intruso en su casa.

—Parece de museo.

—Es un Smith & Wesson modelo tres, calibre treinta y ocho con seis tiros.

La niña se pondrá triste si cambia a la gallina. Pero le gusta el peso del arma en su mano. Extiende el brazo como si apuntara.

—¿Funciona?

—El año pasado me salvó la vida en una de ésas que es matar o morir.

—Ya.

—¿Entonces?

No responde de inmediato. La examina con cierta precaución, aunque no sabe en qué debería fijarse para saber si está en buenas condiciones. Una cara de la culata de nácar luce rota.

La regresa al estuche donde también hay cartuchos y percutores rodando.

—Más una diferencia a mi favor.

—Yo le iba a cobrar a usted.

—Entonces no.

El Acerero se inclina y levanta el cigüeñal del cuatro cinco cuatro de colillas y se lo echa al hombro.

—Espérese. Vamos a platicar. No nos pongamos necios, va a ver cómo nos arreglamos bien.

20

Tortuga observa su reflejo en el cristal de la ventana del restaurante. Tiene una hamburguesa manoseada ante él. La compró para que nadie viniera a preguntarle si se le ofrecía algo más. A pesar de ello, cada quince minutos aparece el gerente para saber si todo está correcto con sus alimentos.

Del otro lado de la avenida está la Chevy pick up negra de la mujer del taller. Estacionada bajo una farola amarilla, su conductora dormita dentro.

Tortuga da un sorbo a la malteada derretida. La sensación de placidez que lo habita creció lo suficiente para ir taponeando la rabia. Como si todo lo abierto, lo pendiente y lo inconcluso se fuera cerrando poco a poco. De nuevo prueba el batido y arruga el gesto porque en su reflejo, espejeado en la noche de neón, distingue a un hombre que se sienta a su lado. Tiene un vaso de cartón con el logotipo del restaurante y en la otra mano, un cigarro electrónico.

Alterna en la boca los dos objetos. En medio de una bocanada de vapor de nicotina:

—Lleva media hora viendo por esa ventana.

Tortuga inclina la cabeza, aunque no se podría decir que es un saludo o una forma de ignorarlo.

—Es hermosa.

Esta vez Joaquín "Tortuga" Urdiales lo observa de arriba abajo.

—La troca. ¿Cómo ve lo que le digo? ¿O a qué cree que me refería? Chevrolet del cincuenta y siete, si no me equivoco.

Tortuga no lo reconoce: ni su cara, ni su ropa, ni su voz. Viste una chaqueta de mezclilla y tiene un pañuelo rojo anudado debajo del cuello de la camisa.

—Cincuenta y cinco —corrige.

—Casi le atino. Se ve que usted es conocedor. La Dodge verde que está ahí afuera es suya, ¿verdad?

De nuevo un gesto indefinido.

—Lo sabía. Cada vez hay menos gente que, como si dijéramos, aprecia las buenas camionetas. ¿Qué motor tiene? ¿Una dos veinticinco máquina inclinada?

—¿Te conozco de algún lado? —gruñe.

—No. Usted a mí no —responde dando una calada al cigarro electrónico—. Aunque yo a su troca sí. La he visto correr en el autódromo.

Tortuga no responde. Busca otro lugar en donde acomodarse, pero no hay ninguno desde el que puede ver hacia afuera.

—Mi nombre es Zenón, soy ingeniero civil retirado.

No ofrece la mano. Su interlocutor, para evitar responder, se lleva la hamburguesa a la boca y da un sorbo a su malteada.

—¿Es de Saltillo? —pregunta el ingeniero.

—No.

—Lo supuse por las placas. No le molesta el vapor, ¿verdad? Más vale bueno y poco que mucho y malo, ¿cómo ve lo que le digo?

Se forma un silencio espeso. Afuera la pantalla de las nubes refleja un cielo rojo henchido de grumos de sombra.

—Las hamburguesas son una porquería. Yo vengo por las malteadas —informa el ingeniero y da un sorbo al popote de su vaso—. ¿No me cuenta a qué se dedica?

—Federal de caminos —gruñe.

—¿Y la mujer de la camioneta cometió un delito?

—Haces muchas preguntas, amigo.

—No importa. No me diga si no quiere. Sólo le preguntaba por Saltillo porque viajaré en estos días para allá y no me gusta la autopista.

—A nadie le gusta.

—Es curioso. Yo ayudé a construirla hace unos años. No terminé porque decidí, como si dijéramos, jubilarme. En la facultad de ingeniería nos preparan para ser dioses que dibujan el mundo. Pero acaba uno siendo el secretario de imbéciles que te imponen tranzas. ¿Has visto ese puente que sube a las faldas del cerro? Es una trampa mortal. Dejé la obra cuando un camión de volteo perdió el control y fue a estrellarse contra unos departamentos. Me dejaron ir sin más. A enemigo que huye, puente de plata. ¿Cómo ve lo que le digo?

—Amigo, sólo quiero terminarme mi hamburguesa en paz.

—Lo dejo, pues. Sólo creí que le interesaría por las carreteras. Arrieros somos. Además, esas hamburguesas no valen madre.

—En eso estamos de acuerdo.

—Y si seguimos hablando seguro que estaremos de acuerdo en más cosas, se lo aseguro —el ingeniero vuelve a absorber vapor y lo suelta por la nariz—. Por ejemplo: ¿ve eso afuera?

—¿La camioneta?

—No, el tráfico. Son casi las once de la noche y todavía hay tráfico.

—Es Monterrey.

—A eso voy. La ciudad está loca. Nos desparramamos sobre el territorio como arbusto de mala hierba. Para ver a mi hijo debo cruzar la ciudad de cabo a rabo y la gente asume que vivir en el centro es una afrenta. El suburbio es una perversión de la ingeniería civil. Los lotes interminables de casas de interés social deberían avergonzarnos.

—¿Y eso qué tiene que ver conmigo?

El ingeniero se detiene en su malteada.

—Tiene razón. Con mi pan me lo como. Es que estoy harto del tráfico. Hace un par de semanas me quedé varado durante horas en Morones Prieto. Un choque debajo de la autopista. Una camioneta volcada y abajo, un tipo destrozado: el brazo estaba tirado en la cuneta. Vi que le faltaban dos dedos de la mano. ¿Cómo puede uno perder dos dedos en un accidente? La ciudad debería de hacerse fuerte en el centro. Construir una ciudadela, no un arrabal. Acá todo el mundo codicia su casita en los suburbios.

Tortuga aprieta los dientes.

—Nuestros trabajos no son tan distintos. El ingeniero diseña calles, el policía las mantiene circulando, como si dijéramos.

—Hacemos más que eso.

—Pero eso es lo principal. En esta ciudad no hay mayor tragedia que una avenida se bloquee. No avanzar, estancarse. ¿O me vas a decir que nunca te has quedado varado? Ahí a la deriva entre dos lugares, sin llegar ni volver, como si dijéramos.

La Tortuga no responde. Piensa en Marlén y en la nueva mujer que ocupa su imaginación. Mira su rostro en el reflejo transparente del cristal como un palimpsesto de la noche.

—¿Sigues acá?

—¿Qué?

—Creí que te habías perdido. Te quedaste mirando a la nada.

—Pensaba en eso que dijiste —responde Tortuga—. En quedarse varado.

—Pero no es para ponerse sombrío. Al contrario. Es para movernos. Para avanzar. Sólo hay que despejar la vía, ¿cómo ve lo que le digo?

Tortuga ya no toca ni la malteada ni la comida. Los brazos le cuelgan de la mesa. Dentro de sí las palabras que dice el hombre lo atosigan.

—Vamos. No se venga abajo. Esta ciudad siempre ha recompensado a los industriosos —dice el ingeniero con una sonrisa.

De pronto se escucha un motor vibrando. Una pequeña camioneta blanca surca la avenida esquivando el tráfico. Cual reflejo anatómico, la Chevy enciende el motor y las luces y sale tras ella.

Ni siquiera se despide del ingeniero. Tortuga, casi sin reconocer lo que hace, como si actuara de forma automática, se levanta y trota hasta la Dodge verde.

—Oiga, olvida la hamburguesa —dice el ingeniero mientras se lleva a la boca el cigarro electrónico y da una calada honda.

21

A Carolina le falta aliento justo antes de llegar a la autopista. La columna de humo negro se extiende en diagonal. El claxon sigue. Los chasquidos metálicos de los materiales que se expanden envuelven el lugar. El humo se funde con la neblina que se acerca cada vez más. No se oyen los niños. La tierra empinada se desgaja bajo sus pies. Apoya las manos en el suelo y se arrastra por la tierra. Al llegar al asfalto corre como si no pisara el suelo y algo la llevara en volandas.

22

Los abogados se dan vuelta mientras Tortuga revisa los papeles. Miran a través de un gran ventanal desde el que se domina el patio de la fundición. Más allá la ciudad hormiguea en un borrón gris.

—¿Te has fijado que los cerros a veces no se ven?

—No.

—Yo sí. Van cuatro días que no se ven por la neblina.

Tortuga intenta concentrarse en lo que dicen los papeles.

—Señor Joaquín, en cuanto la papelería esté en orden se le podrá entregar en la Cruz Verde el cuerpo de Archibaldo —dice uno de los abogados.

Renuncia a leer. Al estampar la firma, abandona el derecho de exigir responsabilidad a la empresa por la muerte de su hijo. Le da lo mismo.

Uno de los abogados se apresura a retirar los papeles.

—Muchas gracias. Todo esto acelerará el paso para dar paz a su familia, señor Joaquín.

Tortuga gruñe como toda respuesta.

—Señor Joaquín —comenta el otro—, ¿gusta otra taza de café?

—Aún no me termino ésta.

—De acuerdo. ¿Está consciente de que estamos aquí para resolver cualquier duda que tenga, señor?

Vuelve a gruñir.

—¿Le gustaría saber cómo sucedió?

—La verdad, no.

—Lo comprendo perfectamente, señor Joaquín —espera un momento una réplica y cuando no la hay añade—. Una cosa más. El señor Prieto me pidió que le solicitara un servicio. Verá, Archibaldo tenía una carpeta roja con unos papeles de un proyecto en los que trabajaba para la compañía.

—Quiero ver a Richie.

—El señor Prieto no está disponible en este momento. Pero lo que es urgente es recuperar esa carpeta. Le estaremos sumamente agradecidos y estamos seguros de que no habrá inconveniente en disponer una gratificación para...

—Dígale a Richie que quiero verlo.

Suena el teléfono en el escritorio. Uno de ellos contesta y escucha en silencio.

—Con gusto —dice al auricular y cuelga—. Adelante, señor Joaquín. Lo está esperando.

Cuando Tortuga entra a la oficina contigua, la voz de Ricardo Prieto irrumpe antes de que tome asiento. En la estancia, oscurecida por unas persianas, suena quedo el violonchelo de "Orfeo y Eurídice" de Gluck. Sobre el escritorio hay varias carpetas rojas.

—Joaquín, no sabes cuánto lamento lo ocurrido. Sabes que Archibaldo para nosotros era más que un empleado.

Tortuga se sienta. Pone las manos en el escritorio con las palmas hacia arriba y por primera vez desde que le dijeron que su hijo estaba muerto experimentó algo parecido a unas ganas de llorar. Esconde un momento la cabeza entre sus brazos.

Prieto gime cuando intenta incorporarse. Desiste de hacerlo. Se recarga en la silla giratoria con una mano temblando por el dolor.

—Yo también estoy destrozado, Joaquín —su voz suena entre estertores, después de tragar saliva se aclara la garganta—. Estamos, yo sé que ya no sirve para nada, pero estamos investigando el accidente.

—Yo sabía que esto acabaría pasando. Tarde o temprano iba a ocurrir…

—No imagino el dolor de un padre en tu situación.

—No me haré cargo de la seguridad. Ahorita no puedo. Ya son muchas.

Prieto no responde. En el silencio suena la melodía evocadora de Gluck que parece acentuar la revelación. Respira largamente.

—¿Sabes por qué me gusta el chelo? Porque es un instrumento elegante. Puede alcanzar registros de todas las clases, patéticos, estridentes, suaves, melancólicos… Pero hay un timbre que se mantiene en el sonido. Archibaldo era algo parecido a eso. Un joven que mantenía su timbre en todo lo que hacía. Su determinación era su mayor virtud. Y estoy completamente seguro de que eso lo obtuvo de ti, Joaquín. Por lo que no estoy dispuesto a tomar por verdadero lo que acabas de decir. Entiendo el dolor. Vivir de nuevo un accidente que quiebra tu familia es terrible. Ve a casa. Descansa. Hablaremos después.

Tortuga levanta la cabeza, se masajea las sienes y cierra los ojos para disipar las lágrimas. Se recompone.

—Cuando murió Marlén creí que… —se queda en silencio sin poder encontrar palabras que digan lo que originalmente quiere decir, pero en su interior sólo ve un cuerpo, como un maniquí, descoyuntado sobre un parabrisas—. Siempre se puede perder más.

La melodía recurrente del "Orfeo", gira despacio cual reguilete entre los dos hombres.

—Te necesitamos, Joaquín. La carrera se expone mucho si no nos proteges.

—No cambiaré de opinión, Ricardo. No voy a cuidar la carrera ni me haré cargo de la seguridad de nadie.

—Antes de que te vayas, Joaquín —dice el viejo ignorando lo que acaba de decir—. Es muy importante que hagas algo por nosotros. Archie debe tener entre sus cosas una carpeta como ésta con contaduría y papeles de la empresa. Tiene documentos muy importantes para mí. Nos encargaremos de gratificarte con generosidad.

Tortuga se detiene en la puerta. Quiere decir algo definitivo. Busca una palabra que golpee como un mazo. No encuentra nada. Aprieta los dientes. El viejo le da la espalda y con un movimiento rápido abre las persianas. La oficina se inunda de luz blanca.

Entonces Joaquín Urdiales lo ve. No es el hombre que recordaba. Las dos piernas están inservibles y delgadas frente a él. La cicatriz que le sube al cuello está salpicada de nuevos cortes y su delgadez es monstruosa. Pareciera que su cuerpo fuera agotándose con una enfermedad.

Prieto mira fijamente el estrobo de una chimenea que palpita en el día blanquecino. No se ve nada más a través del vidrio. Sólo una especie de nube incandescente que vibra con la melodía sinuosa del violonchelo.

Ricardo Prieto ni siquiera se inmuta cuando Joaquín "Tortuga" Urdiales sale azotando la puerta.

23

Cruza los cables de la marcha. Debajo del tosido eléctrico del piñón girando el volante, suena el cigüeñal despertando los pistones en las cámaras de compresión.

No enciende.

Carolina y su hija, al escuchar el intento, salen al porche. El Acerero comprueba la bomba de la gasolina, abre y cierra las tomas del carburador para asegurarse de que la mezcla sube. Toma un bote de aerosol y pulveriza éter sobre las tomas de aire.

Aún no llega gasolina a la bomba. Da marcha de nuevo.

Casi al final del intento, el sonido eléctrico del encendido delata que el acumulador está a punto de descargarse.

No enciende.

La mujer enarca las cejas. La niña se distrae con una luz en la calle. El Acerero toma un puñado de estopa y la empapa en gasolina. La coloca donde debería ir el filtro del aire.

—Tápense los oídos.

De nuevo: marcha. Los vapores se mezclan en el barco de admisión y cuando los alcanza la chispa de la bujía se convierten en una bola de fuego. Hay destellos amarillos que brotan del carburador y el escape, pero aún no enciende. La marcha tose, pero no claudica. El volante gira con todo su peso. Las bandas trabajan lo suficiente para succionar la gasolina a través de la bomba hasta los cilindros.

Enciende con estampido de tropa de caballos que apisona la tierra.

El Acerero abre el acelerador y el motor ruge desesperado. Flamea relámpagos de oro e intenta girar en el soporte.

Suelta el acelerador y escucha el suspiro del metal contra la llama.

Recorre con el dedo las juntas del depósito de aceite y algunas partes de la tapa de distribución buscando fugas. Todo parece bien hasta que ve una mancha de gasolina en el carburador y un charco al lado de las punterías. Alguno de los flotadores no está funcionando bien. Con un trapo limpia el combustible y ve cómo se forma de nuevo una gota poco a poco. Tarda un minuto. No es tan grave.

Carolina dice algo, pero no la escucha por el atronar motorizado. El Acerero parece estar en trance con el movimiento rítmico e hipnótico de la máquina. Ni siquiera pregunta qué dijo.

Apaga el motor.

No tiene tiempo ni dinero para conseguir los empaques del carburador de nuevo y limpiarlo a conciencia, para eliminar la gota.

En la noche suena una radiola lejana. Un vecino grita en la ciudad negra de chimeneas encendidas. Con el dinero que pensaba invertir el lunes para comprar fierro vaciado, prefiere hacer una carne asada. Lo decide mientras ve a Carolina que vuelve a la casa en silencio.

No hay lenguaje cuando dos objetos se encuentran. Late un ritmo dentro de ti, pero no son palabras. Pierdes el control y las llantas no responden, congeladas en la grava que se desliza debajo; no viene a ti la voz. Es el tiempo que late y bombea en sincronía con el subir y bajar de los pistones, la dirección congelada en su línea de inercia, la geometría enhiesta que consigue unir lo estático y lo que viene: una camioneta se dirige hacia ti. En la imposible alineación de los parabrisas distingues a una mujer que abre los ojos ante el choque inminente. Tampoco en ella hay lenguaje. Un silencio obsceno se dibuja en los labios que se abren en el sordo grito que aúlla un nombre que no puede ser el tuyo. El rostro de la mujer te es familiar, semejante al de un pariente lejano. Casi la puedes escuchar ofreciéndote las buenas tardes. Tu momento llega. Ese instante es toda la vida de un corredor. Lo sabes con el rayo que te sube desde las nalgas hasta el cuello. Es el límite al que llegas como piloto. Sólo hay una forma de reconocer esa orilla: perdiendo el control. Es este momento al que siempre aspiraste en cada vuelta y acelere: no hay lenguaje. Hay un silencio blanco en la entropía breve del chirrear de llantas. Las líneas de la camioneta se tensan porque cada uno de sus componentes quiere elegir una dirección. Triunfa el frente. La velocidad te lleva hacia adelante. La mujer abre la boca y extiende sus brazos. Algo te lleva, con la misma fuerza y resolución con que te arrastró hasta este punto en el que pierdes el control. No eres tú. Te alza y embiste. No hay lenguaje: sólo un ritmo que crece hormigueando en cada voltereta que bajo tus dedos da el volante y sientes cómo se aproxima el golpe seco del metal que, aunque aún no oyes, ya te suena a guillotina que cae.

RÁFAGA

Pounding the world like a battering ram.
Forging the furnace for the final grand slam.
Chopping away at the source soon the course will be done.
Leaving a trail of destruction that's second to none.

JUDAS PRIEST, "Rapid Fire"

1

Los motores braman en los cofres bruñidos. Esperan en sus marcas la señal de arranque. Algunos se adelantan unos palmos. Otros se gozan con fuertes acelerones. Al frente un semáforo en la esquina de la calle alumbra en rojo. Las chimeneas de la fundidora escupen negras fumarolas al cielo emborronado. Los pilotos estrangulan los volantes, les corre en la frente el sudor de la mañana de este agosto blanco. Y de pronto cambia a verde y las camionetas arrancan las unas tras las otras. Un puño de obreros las sigue con la vista, el chirrear de llantas les jala por el cuello y ven la polvareda que levantan en la calle. A unos pocos metros se pone en movimiento la locomotora bruna que suena su silbato.

A la cabeza de la caravana va la Muerta con su Chevy cinco cinco que detona el caballaje en provecho de la recta que liga a la calle de la fundidora con la carretera libre a Saltillo, como si a cada palmo que devora su pick up la acercara un poco más al hecho de cruzarse la frontera. Las góndolas del tren retumban en los rieles y algunas secretarias en sus oficinas se asoman a la puerta a ver qué es ese alboroto de motores atronando.

Detrás de la Muerta, palmo a palmo, avanzan la Ford roja y la Caddy blanca que se enciman y amenazan con cerrarse en un carril en cualquier curva. El Lobo grita maldiciones quitándose el bombín de la frente que se mueve a cada toque del volante, tiene la boca seca y una taquicardia le visita el pecho, ambos efectos secundarios de su perpetuo consumo de marihuana. Kanjo aprieta los labios cual cicatriz amarilla detrás de un cubrebocas manchado de escarlata y pareciera revitalizarse a cada slalom que ejecuta entre el tráfico, como si en el zigzag perpetuo estuviera la muerte perdiéndole el rastro.

Atrás de ellos como un estilete corre el Acerero. Avanza discreto sin exigir demasiado al cuatro cinco cuatro, esperando a que alguno ofrezca un hueco para adelantarlos en la curva cruzando el ápice más abierto. Cuando pasa un bache en el asfalto, huella que dejan los tráileres y camiones que pasan por la calle, la guantera de la Syclone se abre y cae al suelo el revólver de seis tiros y unos frascos de analgésicos. Después mira al frente como si sus ojos pudieran apartar a los vehículos y dejara ante él una línea recta.

Un tráiler embocado en una nave industrial suena su bocina porque casi choca con la Dodge blanca de la Borrega, que escupe dos columnas de humo dísel negro a través de escapes gemelos en lo alto de la cabina. No dejará títere con cabeza y sintiéndose cual ariete que arrasará a cualquier oponente, se da el lujo de hacer un gesto obsceno al chofer del tráiler. Atrás campanea el gancho de la grúa con el que recoge los automóviles de neumáticos ponchados para repararlos en la vulcanizadora.

Justo después de él viene una Ranger amarilla que presiona desesperada por mejorar su lugar en la carrera. El piloto, que lleva un casco de idéntico color, se golpea la cabeza con las manos, frustrado por el mal arranque. Gestiona su palanca de cambios llevando las revoluciones por minuto a la zona roja indicada en el tacómetro.

No muy despegada viene otra camioneta, en la que viajan Humberto y un sonriente Ricardo Prieto, sin tanta velocidad ni destreza; avanza a la zaga observando todo. El viejo presiente una jornada onírica de violencia inusitada en esta nueva parodia fulgurante de Le Mans; un vapor de negra adrenalina le bombea por el cuerpo y respira casi en un gemido automotor.

El tropel de camionetas llega a la carretera a Saltillo, sorteando las vías justo antes de que el tren atravesara de parte a parte el camino. Vuelve a vomitar el silbato al ver que a su alrededor pululan unos maniacos que se acercan demasiado a los rieles en la calle; el sonido agudo pareciera rebotar en el cielo encapotado. La locomotora y la ciudad avanzan sin que nada pueda detenerlas.

2

La luz de las farolas y estrobos giratorios se multiplican en los parabrisas de los automóviles que apenas ruedan, apelmazados al final de la avenida Morones Prieto. El Acerero, en su distracción, detiene la vista en la abolladura del parasol. Parpadea dos veces y traga saliva.

El tráfico llena los tres carriles y se contrae más al acercarse al puente de la autopista. Por momentos se detiene completamente. En el peralte de la parte superior del desnivel se distinguen resplandores rojos y azules. También hay policías abajo.

El Acerero exhala. En medio del mar de faros encendidos ve dos ojos abiertos ante él. "Esto es un muerto", piensa. El parasol doblado palpita. Suda. La respiración se entrecorta. Ve el rostro desdibujado de su vecina muerta. Se cubre la cara con la mano y se queda en esa posición hasta que alguien suena el claxon detrás de él. Avanzan. Una camioneta Dodge verde se escabulle desde el carril de la derecha para quedar frente a él.

Empalidece. La reconoce. Se mira en el espejo retrovisor. Ve sus propios ojos como si fueran los de un recuerdo. Se resiste a creer que es algo más que una coincidencia que en medio de semejantes pensamientos aparezca la camioneta de los Urdiales. El conductor de la Dodge saca la mano por la ventanilla tomando la temperatura del aire nocturno.

Al acercarse al lugar del accidente, el Acerero comprueba que el choque es terrible. Una camioneta Ford blanca de reciente modelo yace boca abajo. Por las huellas de destrozos deduce que cayó desde la parte superior del puente de la autopista. En el interior de la cabina aplastada sobresale un brazo.

Desde la camioneta verde surge una Polaroid y toma una imagen. El flash ilumina momentáneamente el interior de la cabina. Además del hombre de la cámara hay otro ocupante de cuya silueta sólo distingue un bombín.

Un policía abandona el cordón para exigir al conductor que se mueva. En el tráfico suenan algunos cláxones, aunque la mayoría acepta el retraso con mansedumbre.

Dos flashazos más. La Polaroid escupe los papeles y la camioneta verde avanza de nuevo. El Acerero hace lo propio. Los restos del accidente muestran una geometría deforme. Hay un brazo cercenado hasta el hombro. Con el resplandor de las torretas y faros alcanza a ver que le faltan dos dedos. Cierra los ojos y sacude la cabeza como si entre sus párpados rojizos se dibujara una escena de horror.

Avanza, pero no puede ganar velocidad. Frente a él, la Dodge circula despacio. No supera los treinta kilómetros por hora a pesar de que la calle al frente está desierta. Cuando cambia el carril para ganarle el paso, lo cierra. El Acerero ve de nuevo la abolladura en el parasol. Piensa en que no debe molestarse. No quiere más problemas con los Urdiales. El tráfico los rebasa por la izquierda. De nuevo intenta pasarlo y de nuevo la camioneta verde lo evita. Parpadean las luces altas sobre las nucas. Se resiste a usar la bocina. Agita el volante de un lado al otro. Izquierdo, derecho, izquierdo: hasta que abre un hueco suficiente para escabullirse. Volantazo al contrario. Unos cláxones detrás, pero consigue pasar a la Dodge por el lado derecho.

No suelta el pedal. Archibaldo también acelera. Los motores braman liberados. La Syclone plateada toma la delantera.

Una inyección de adrenalina en las venas le hace olvidar que sólo quiere llegar a casa. Detrás de él el uve ocho de la Dodge parece el tableteo de una metralleta.

El impulso de detenerse apenas es una sombra en el fondo de su conciencia. La abolladura del parasol, cual amuleto olvidado, no significa ya nada. Los músculos se tensan.

En las rectas Archibaldo reduce distancia. En las curvas la mítica aceleración de la Syclone lo empuja hacia delante. Ahora el Acerero usa su camioneta para cerrar el camino al rebase inminente.

Se enfilan a la última calle sobre la loma antes de la autopista. El Acerero abre los ojos desmesuradamente al paisaje nocturno, temiendo que un niño fuera aparecer de la nada, como ocurrió hace años. La transmisión automática de la Syclone baja una velocidad y pierde impulso. Archibaldo aprieta en segunda: el motor grita.

Se coloca junto a la camioneta plateada. No lo rebasa. Deja que las cabinas avancen juntas como si compartieran un mismo destino. Un automóvil en dirección contraria obliga a la Dodge a tomar el carril detrás de la Syclone. Al subir la loma el Acerero está en casa. Apenas avanza unos cuantos metros todavía con el motor revolucionado antes de detenerse por completo. Algunos vecinos se asoman. El perro ladra.

A su lado se detiene la camioneta verde. No interactúa. Bajo una farola amarilla la cabina parece una boca sin final. No le hace falta luz para saber quién la tripula. En la puerta de la casa aparece Carolina con la niña.

Un segundo más y la Dodge, con una tortuga dibujada en la caja, avanza tranquila semejante a un gato perezoso que se acerca a su lecho ronroneando.

El Acerero tarda un rato en calmarse. Al apagar la camioneta se da cuenta de que le tiembla la mano y de nuevo ve unos ojos abiertos, frente a él en el parabrisas, justo debajo del pequeño doblez que hay en el parasol donde la muerte parece mirarlo desde el metal bruñido.

3

Tortuga estaciona la Dodge frente a su casa. Al apagar la camioneta guarda silencio y mira la calle que dormita. En algunas ventanas, resplandores azulados iluminan el interior. Piensa que es muy pronto para mandarle un mensaje a la Muerta. La acaba de ver y pasó con ella un buen rato. No quiere arruinarlo. Desea que todo se acomode poco a poco para algo nuevo.

No muy lejos de ahí, una Lobo roja enciende el motor y arranca despacio como un lagarto arrastrándose al agua. Tortuga apenas le presta atención.

Al final escribe un mensaje: "Me la pasé muy bien hoy". Lo envía. Sólo entonces mira hacia su casa y nota que la puerta está entreabierta.

No tiene ningún arma consigo. Mete la mano debajo del asiento y saca una Stillson. Se extraña de verla manchada. Le limpia un poco con el dedo. Parece grasa roja.

En el interior de la casa huele a marihuana. Avanza con la herramienta en alto. Camina despacio, pero decidido, a su habitación. Comprueba que, debajo de su cama, están su rifle y la pistola reglamentaria.

Levanta la Glock y se cuelga la Stillson en el cinturón. Nota pequeños cambios en los muebles, pero todo está en su lugar. Afuera unos gallos cloquean.

La casa está vacía.

Baja la pistola al entrar al cuarto de Archibaldo. Está desordenado, aunque apenas puede distinguir la diferencia de cómo lo dejó antes. Entonces la idea le cruza por la cabeza y comprende.

Revuelve los papeles de la cómoda, debajo de las cobijas, detrás de la cama, pero no está.

Se llevaron la carpeta roja con las fotografías.

Tortuga agarra el cenicero rebosante y lo lanza contra la pared. Se pasa la mano sobre la frente y se embarra con lo que impregna la Stillson.

Los gallos siguen cloqueando afuera. Cada ruido le taladra dentro. Aprieta los dientes. Su casa es un cascarón vacío.

Suena una notificación en su celular: "Yo también", dice el mensaje.

Lo mejor será lavar a conciencia la herramienta que cuelga en su cinturón.

4

Frente a un supermercado, a escasos metros de la Puerta a Monterrey, oyendo de lejos un zumbido de enjambre mecánico, con las bolsas de la compra, una en cada mano, una señora se acerca a la banqueta. Al otro lado de la carretera un taxi baja su pasaje. Y en la intención de llegar a tiempo para preparar el guiso de la comida, la mujer no repara en que a su derecha viene una constelación de bólidos recorriendo el asfalto en la carrera por llegar primero a la fundición de Ramos Arizpe.

La primera en verla es la Muerta y maniobra bajando una marcha: aprieta la palanca como un martillo y volanteando masculla maldiciones en inglés al esquivarla. Detrás de ella el Lobo apenas suelta el acelerador sin ganas de evitar a la señora y de paso aprovechar el espacio abierto y colocarse en primer lugar de la carrera. Al golpearla sólo piensa que ojalá la doña no fuera a perforarle el radiador con la cabeza.

Las bolsas del mandado trepidan en el viento y derraman abarrote a lo largo de la calle. Latas, pasta seca y una charola de carne que se despanzurra se esparcen en la línea de betún caliente y negro sin que nada los detenga. El cuerpo desvencijado se arrastra un par de metros hasta quedar hecho un ovillo de ropa abultada en el camino.

La señora aún está despierta, aunque no sabe bien lo que pasó. Murmura apenas cuatro cosas, que no son sino los ingredientes del guiso de esa tarde. Atún, huevo, mayonesa, salsa de tomate. Y su mano derecha se mueve con espasmos como si revolviera el contenido de una invisible cacerola. Una secretaria que pasa por ahí recoge sus palabras y, según ella, se entiende la despedida amorosa a un tal Panchito. Poco después la camioneta Dodge trescientos cincuenta blanca le pasa por encima y pone fin a su existencia antes de que nadie se atreva a moverla.

En la cabina la Borrega apenas se percata del atropello como quien pasa un pequeño tope. Mira por el retrovisor para intentar saber qué fue lo que golpeó, pero no ve nada, sólo un montón de gente arremolinarse en torno a lo que él supone un bache y piensa que ya es hora de que el Estado arregle de una vez por todas las condiciones deplorables de la vía. Las llantas dejan un rastro rojo de tres metros con un dibujo de neumáticos todo terreno. Atrás, Humberto, junto a Ricardo Prieto, intenta sacarle la vuelta al bulto que de inmediato reconoce como un cuerpo, pero la mano del anciano se posa en el volante y le pide con un gesto que prosiga.

Así vuelve a pasar por encima de la señora una tonelada y media automotriz. Alguien con un oído fino sería capaz de distinguir, debajo del estampido carburante, el sonar de los huesos que se parten en conjunto: cráneo, tibia y esternón. El viejo gime como un místico oficiante en medio de una parodia de liturgia demencial. Con la carne reventada y esparcida cual trapo exprimido, el cadáver de la mujer rueda unos metros sobre el asfalto hasta detenerse junto a un desagüe cubierto de basura.

Y detrás viene un camión cisterna con miles de litros de dísel que ni siquiera experimenta una sacudida ni nada que llame la atención del conductor que viene escuchando a todo volumen la radio con el previo del partido de la tarde. A su paso arrastra una importante cantidad de órganos internos que, rojos, se embadurnan del polvo y la tierra del ambiente.

Algunos transeúntes gritan en las banquetas con sus bolsas de la compra al ver lo que hay tirado a sus pies. Algunos se toman del cabello, otros sacan su celular y filman lo que ocurre; un aprovechado agarra la lata de atún y de conservas, asumiendo que la atropellada no las usará. La señora parece un montón de estopa cubierta con aceite de transmisión automática.

Y sin apenas tiempo, un coche familiar con siete pasajeros que se dirige a una boda en Torreón, le pasa de nuevo por encima a la señora, aunque el conductor estremecido decide pensar que sólo se trataba de un perro grande. El asunto le pesará tanto en la conciencia que guardará silencio hasta que llegue a la Laguna. En una estación de servicio se dará cuenta, al encontrar cuero cabelludo con algunas canas largas, que aquello que golpeó no era un animal.

Y después de la familia finalmente una mujer, asustada de que el bulto en el camino pudiera lastimar la carrocería de su auto recién salido de la agencia, enciende las intermitentes y se detiene porque no hubo forma de hacer un cambio de carril. Y aguzando la mirada nota el abarrote y la bolsa que arrastra el viento que levanta cada vehículo que pasa y entiende que los jirones rojos que están ahí son una persona. Incluso alcanza a distinguir algunos huesos e interiores de la señora que florecen en lugares inauditos.

Pone, aterrada, la direccional y, resistiendo las ganas de vomitar el desayuno que hace unos momentos ingirió en una cafetería, cambia de carril cuando el flujo lo permite y acelera como alma que lleva el diablo, intentando no espiar a través del retrovisor. Lleva al máximo el motor que se revoluciona a cinco mil por minuto y el zumbido alcanza a la tropa de camionetas que flagelan la combustión interna calle arriba. Y desde lejos, donde queda el cuerpo hecho guiñapo con los peatones que al fin se acercan a ver cómo yace la señora, la ciudad con su bullicio suena a transformador eléctrico crepitando entre lo blanco de una neblina o esmog o contingencia o algo así.

5

Archibaldo sujeta a la mujer con la palma de la mano en la cara de ella y la empuja a la puerta del horno. No hace ruido al caer. No grita. Sólo desaparece. Su compañero, un ingeniero de orejas prominentes, no reacciona de inmediato. Mira el agujero por donde desapareció su colega, después a Archibaldo que se acerca. El ingeniero suelta la carpeta roja con la papelería de la inspección y antes de dar media vuelta cae sobre él un puño seco. No se desmaya, pero se afloja.

Abajo, la nave limpia de trabajadores recibe con eco el forcejeo de los hombres en el pasillo de metal sobre el horno. Vaciaron el complejo para una inspección de la Procuraduría Federal de Protección al Medioambiente.

Archibaldo le da otro coscorrón con el puño cerrado y ya blando lo retiene en sus manos. Las rodillas se le doblan al ingeniero y pican el suelo con estruendo de hojalata. Entre los papeles de la carpeta sobresalen sellos de clausura: POR CONTRAVENIR LA LEGISLACIÓN VIGENTE.

El Lobo, mascando el aire químico que se respira en la bodega, entra para ver el escándalo de golpes en el acero. Ve en lo alto a Archibaldo sujetando bajo el antebrazo al ingeniero, ahorcándolo.

—¿Qué chingados haces? —le grita desde abajo—. ¿Dónde está la vieja?

Archibaldo no contesta.

—¿A dónde llevas a ese cabrón? ¡Oye!

Sólo después de que le lanza un desarmador que se encontró al paso y que rebota cerca de uno de sus pies, Archibaldo lo mira desde arriba. Las últimas luces de la hora dorada vespertina iluminan la parte superior de la bodega.

—¿Dónde está la pinche vieja? —vuelve a preguntar el Lobo.

—En ningún lado —responde.

—¿Qué...? —la pregunta queda suspendida cuando entiende a dónde lleva al ingeniero—. Oye, espérate. Vamos a bajar a ese güey.

Archibaldo aún tiene el cuello del hombre bajo su antebrazo. Se detiene. Al ingeniero, inconsciente, le cuelgan los pies en el aire.

—Yo me dedico a esto, compa. Tenemos que sacarlo de aquí y que aparezca en otro lado. Hazme caso.

No contesta.

—Amárralo con tu faja y lo bajamos con la carrucha.

Suelta el cuerpo que cae al suelo con estrépito galvanizado. No se mueve.

—¡Oye! —grita de nuevo el Lobo—. Todo está chido. Dale tranqui. Hazme caso.

Desde el suelo, el hombre del bombín, más agitado, mascullando maldiciones, arrastra una cadena que mueve una polea sobre un riel en el techo y la acerca hasta el horno.

—Agárrala —dice mientras jala los eslabones hacia abajo para levantar el gancho.

Archibaldo se mueve como un autómata. Toma la cadena y sube el gancho. El Lobo aprovecha para marcar por teléfono al despacho de Ricardo Prieto.

—Se armó el pedo acá abajo, don.

—Ya sabía que estos perros iban a ladrar. Mándalos a la oficina y aquí los arreglo.

—Nel, don. Se armó gacho. El Archibaldo se madreó a uno y creo que mató a la otra.

No hay respuesta.

—¿Don?

—Aquí estoy.

—Creí que se había cortado.

—No, no. Aquí estoy —repite, titubea, pero no añade nada más.

Arriba Archibaldo se desabrocha la faja y con ella envuelve al ingeniero.

—¿Qué le hago?

—Encárgate de eso.

—Órale, don. No va ser gratis el recargón, pero pues va. Yo sugiero que aventemos al ingenierito a otro lado, que parezca un choquecito y ya. Si te he visto no me acuerdo, ¿cómo la ve?

—Hazle cómo quieras. Pero arréglalo.

—¿Y al lurias éste qué le hacemos?

—¿A Archie? Nada. Déjame pensarlo —alarga la frase y después agrega—: Nadie puede cambiar la forma de las cosas que vienen.

—Órale. No deja mucha opción el condenado, pero ahí le encargo.

Cuando cortan, el cuerpo del ingeniero ya desciende colgado del gancho de la cadena. Al llegar al suelo el Lobo le ata las manos. Después se asoma al exterior de la nave para asegurarse de que el patio sigue sin obreros. Al fondo ve, bajo el crepúsculo, la camioneta Ford blanca con logos oficiales de la Profepa.

Archibaldo baja con la carpeta roja en una mano. El Lobo se la arrebata y la abre. Ve los sellos, una orden de inspección y un documento que se titula "Propuesta de plan de remediación". Le regresa la carpeta.

—¿Dónde está la vieja?

—Ya te dije. No está —se limita a responder—. Iban a cerrarnos.

—Iban a cerrar pura chingada.

—No pueden cerrarnos con lo que viene —habla para sí mismo y después balbucea más cosas inaudibles.

—Órale, ¿estás sordito? Anda, ve por la camioneta. Búscale a ver si tiene las llaves este menso. Y si no las tiene, vas y la puenteas.

—Hay que hablar con Prieto.

—Ya hablé con él y dijo que fueras por la camioneta.

—Espera.

Archibaldo revisa el nudo. Le aprieta las muñecas y los tobillos. Así le enseñó su padre a amarrar a los jabalíes cazados. El ingeniero no se mueve, pero emite un sonido del fondo de su garganta semejante a una radio descompuesta. Antes de hablar con él, le arranca de un manotazo el bolsillo del pecho en donde tiene su nombre y el logo de la Profepa.

—¿Qué vienes a hacer? ¿Para qué son los sellos? —le propina una patada en la cabeza.

—Hey, hey. Párale. Chingado, éstos no son borrachitos ni putitas. Son funcionarios, cabrón. Ya espérate. Vamos a hacerle como yo digo.

—Tiene que decirnos quién nos puso el dedo.

—Que te calmes y ve por la pinche camioneta.

—Tiene que decir…

—Órale, va a decirnos, pero aquí no. Chale, ni quién te aguante. Mira, yo voy por la camioneta —se inclina sobre el ingeniero y rebusca en los bolsillos del pantalón hasta que encuentra la llave—. Y lo único que no puedes hacer es matar a este cabroncito, ¿va?

—Nos iba a cerrar. Ahí están los sellos.

El Lobo se restriega la cara.

—Sólo falta saber quién nos puso el dedo.

—Ajá. Simón. Pero ahorita ya sosiégate, no se va a ir a ningún lado. Nos lo vamos a llevar en la troca y mañana, cuando los mensos de allá afuera te pregunten qué pasó, les vas a decir que Prieto le dio quince bolas a cada uno. ¿Va?

—Nos iban a cerrar —repite.

—Oh, que la chingada. ¿Va?

—Sí —responde Archibaldo y mientras se aleja el Lobo rumbo a la camioneta, agrega murmurando—: No pueden con lo que viene. No pueden…

6

El Amarillo mira el frente de su camioneta. La revisa a detalle. Realiza cálculos de los costos para repararla. La observa sin pasión, como si la fascia caída y el radiador perforado fueran los labios y dientes de una res muerta.

El faro derecho reventado, la defensa colgada sobre el suelo, una llanta deshecha enredada en el rin. Hay motas cafés de sangre seca en el parabrisas y el cofre. Una especie de expresionismo abstracto de marrón sobre amarillo.

—¿Qué le pasó? —dice un hombre junto a él.

El Amarillo no sabe cuándo se acercó. Durante un momento cree que es un empleado del depósito de autos, aunque rechaza la idea por la forma en que está vestido. Una chaqueta de mezclilla, algo gastada pero presentable, y un pañuelo rojo atado al cuello.

—La chocaron ayer.

—Parece que estuvo fuerte. ¿Usted manejaba?

—No. Estaba estacionada. Un carro perdió el control y fue a dar contra dos o tres. El conductor murió. Me chingó todo el frente y dobló las puntas del chasis.

—Entonces iba como alma que lleva el diablo.

—Así mismo lo dijo un policía. Unos locos jugando carreritas en la noche. Acá está el otro.

A pocos metros, abierto en canal, yace un Honda plateado con el frente hundido, el motor sobresaliendo entre las rendijas del aire acondicionado, las esquirlas de cristal y manchas de sangre en la tapicería y el parasol. La lámina muestra marcas de esmeriles que cortaron el vehículo para retirar el cuerpo del interior.

—Pues el madrazo estuvo fuerte.

—El otro conductor se dio a la fuga y el del Honda no lo contó. Murió con medio cuerpo atravesando el parabrisas. Al salir me encontré eso y mi camioneta con las intermitentes encendidas.

—¿Y ya sabe qué va a hacer con el mueble?

El hombre se lleva un cigarro electrónico a la boca y arroja por la nariz vapor espeso. El mediodía blanco esparce luz opaca, sin sombra.

—¿A qué te refieres, amigo?

—Si la piensa vender… Perdón —dice sonriendo y extendiendo la mano—, no me presenté. Mi nombre es Zenón: compro carros por kilos para desmantelarlos. Me doy la vuelta por estos lares de vez en cuando a ver qué hay de nuevo.

—Ya. No me interesa venderla. No es una camioneta ordinaria. Le metí un uve ocho hace tiempo.

—¿El cinco punto cuatro?

—Ni loco —dice el Amarillo levantando el cofre de la camioneta y mostrando el interior.

—Esos motores son jarritos de Tlaquepaque: feos y delicados. ¿Sabe lo que le digo? —responde el chatarrero con la boquilla del cigarro en la boca.

—Son almas en pena. Y lo sabré yo. Le metí un cinco punto cero uve ocho, tres cero dos Ford con monoblock de aluminio abierto a sesenta, árbol alterado, dos turbocargadores y algunas otras chucherías.

—Es mucho motor para una Ranger.

—Nunca nada es mucho motor.

Baja el cofre.

—A cada uno su gusto lo engorde, como si dijéramos. La gente hace cosas muy raras con los carros. Para mí nada más son kilogramos que hay que convertir en materia prima.

—Pues es su trabajo. Nada más. Lo que sentimos otros es… no sabría cómo explicártelo.

—Usted lo ha dicho —el hombre se detiene un momento expulsando vapor—. Lo malo es que ya no deja como antes. No sólo por la competencia. Las fundidoras ya no son lo que eran. Ahora cualquier ingeniero pilluelo arma una fundición, se endeuda, quiebra y se va con las hebras arrastrando, ¿cómo ve lo que le digo?

—Ya. Algo sé de eso. Soy ingeniero civil. Los contratistas tienen margen, pero quieren más. Todo lo que se pueda. Y uno tiene que andar haciendo milagros con cemento.

—¿Primera línea?

—Primerísima. Anduve en la autopista a Saltillo hace unos años. Nos fue bien, pero la chinga nadie te la quita. Y luego empiezan las grietas y a poner gorro. La gente ya se hizo muy rascuache, amigo. Ya nadie da un peso por la vida ni por la obra.

—Y aparte de la ingeniería le gustan los carros.

—¿A quién no? Es un hobby. Me entretienen en los tiempos muertos.

—Pues hay de todo. La gente hace cosas muy raras con los carros. La otra vez llegó una señora a vender una camioneta. Una Silverado roja, viejita, pero llegó rodando. Eso sí, el motor traía una tracalada. Me dijo que me la vendía al kilo con la condición de que no la arreglara ni la revendiera.

—¿Ah chinga?

—Así como lo oye —escupe vapor por la boca mientras habla—. Y al principio le discutí esa parte. A esa troca le dabas una anillada y se iba jalando. Pero no. Le bajó el precio ella solita con tal de que la destruyera ahí mismo. La podía despiezar, pero no vender. ¿Y no creerá que se quedó ahí dos horas hasta que se desocupó el soplete y cortaron en tres el chasis y el diferencial? Ahí se quedó en el sol, con cara de que veía el diablo en esa Silverado. Algo pasó en esa camioneta, pero la verdad no quise meterme. Para mí los carros son nada más unos kilogramos.

—Los carros son más que carros, ¿no?

—A mí lo que me parece es que a veces nos detienen más de lo que nos mueven las pinches máquinas, pero supongo que depende de cómo se miren. Pero pues si no quiere vender la troca…

—Nah. El problema es que no traía seguro el muerto. ¿Y a quién le reclamo? Y en unas semanas iba a tener un evento.

El chatarrero escupe una voluta de vapor.

—¿Un evento?

—Una carrera. Pero así está difícil. Mucho jale. Y si consigo un buen mecánico, con las prisas me va a cobrar un ojo de la cara.

—No se achante, ¿cómo ve lo que le digo? En una de esas, deja de ser un pasatiempo.

El Amarillo lo voltea a ver para identificar la intención del comentario. Es incapaz de reconocer si se está burlando de él o no.

—A usted le debe ir bien en su jale. De leguas se ve. No tiene problemas de dinero, como si dijéramos.

—No me quejo —se limita a responder.

—Ya ve. No le piense. Para atrás ni pa'garrar impulso. Va a ver que esta troca cuando gane la carrera va ser más que una simple troca.

El Amarillo no contesta. Ambos se quedan mirando la frontal de la Ranger. Aún gotea un líquido verdoso del enfriador de aceite de la transmisión, como un hilo de sangre que se desliza entre los dientes.

7

Las camionetas transitan en el hormigón caliente como jabalíes perseguidos por mastines. Haciendo eslalon entre el tráfico que se acumula, avanzan hacia la meta en Ramos Arizpe. Manteniendo un crucero de ciento ochenta kilómetros por hora, algunos de los vehículos les abren paso y otros, distraídos, se sorprenden cuando las sombras coloridas los rebasan por la diestra.

El ambiente se blanquea conforme ganan altitud. Las nubes bajas se forman en la medianía de los cerros. Algunas ya cubren la autopista a la izquierda del camino. Los tractocamiones encienden los cuartos amarillos y algunos automóviles circulan con las intermitentes parpadeando.

El orden de las posiciones se mantiene invariable. Primer lugar el Lobo seguido de la Muerta. Detrás de ellos Kanjo y muy pegado el Acerero. Cerrando atrás la Borrega y el Amarillo. Cada intento de rebase es frustrado por el tráfico que no deja un carril libre e incluso a veces deben pisar el arcén para no quedarse rezagados.

El Acerero no pierde de vista al conejo blanco que avanza delante suyo. Espera el momento adecuado para apretar el pedal. Mientras conduce, imagina la gota de gasolina que inunda el barco de admisión poco a poco. Piensa que después de veinte minutos empezará un serio riesgo de incendio.

La pierna izquierda que en el suelo no sirve para nada, en la Syclone alimenta y bombea el embrague para tomar por asalto la línea de hormigón. Cual autómata en su elemento, cambia las velocidades en un latido de pistones. Así llega a la encrucijada en donde a la izquierda circula Kanjo, que baja la velocidad drásticamente. Se aclara la garganta y siente las llagas y úlceras palpitar en el interior de su boca. A su lado circula un tráiler con doble remolque con una serie de rollos de planchas metálicas sujetas por bandas tensoras a plataformas de carga.

Ahora o nunca. La Syclone se abre a la derecha y avanza sobre el terraplén. Un montón de piedras, restos de goma y vidrios se levantan y golpean contra la parte baja de la carrocería.

Circula a centímetros del doble remolque. Al otro lado sólo hay arbustos y una zanja llena de piedras. Traza con las manos la recta más limpia que es capaz de imaginar, moviendo milímetros hacia izquierda y derecha. Transpira con el aire caliente que despiden las planchas de acero a su lado. Le pican los ojos por el sudor que le escurre de la frente y el parasol doblado ante él le llama. Ve de nuevo los ojos y un hilo de voz le canta en los labios: "Esto es un muerto". Baja una velocidad en la transmisión para apurar el rebase. El motor lanza un alarido cuando llega a las siete mil revoluciones. Por dentro del monoblock las ocho bielas, como un esqueleto móvil, desaparecen en el batir circular de su movimiento. Los pistones enrojecidos aguantan cada explosión y silban al subir y bajar dentro del cilindro. El caballaje empuja la camioneta hasta los doscientos diez kilómetros por hora.

Recobra el asfalto adelante, cerrándose forzado para evitar un letrero que reza: RESPETE LAS SEÑALIZACIONES. El chofer del tráiler, molesto por la imprudencia de los conductores, suena la bocina. Kanjo aparece a la izquierda, justo detrás de la Syclone.

Y de nuevo el chofer del doble remolque aprieta el claxon a la vez que fuerza la máquina a su límite para intentar, infructuoso, dar alcance a las camionetas. Por el retrovisor, Kanjo lo ve en la cabina levantar una mano y hacer espavientos.

En sus espejos, el chofer del remolque ve aparecer después la Dodge blanca y se apura a cerrar el carril.

La Borrega advierte las dos plataformas con rollos de acero que serpentean en la carretera. Baja la velocidad y entiende que la única forma de pasarlo será usando de escudo algún carro que se acerque y al que el chofer le ceda el paso.

Atrás, el Amarillo se topa con el tráfico y divisa al frente el tractocamión zigzagueante, rozando los dos terraplenes. Las decenas de toneladas del tráiler ondean sobre la línea intermitente del carril. Golpea el volante y se saca el casco para limpiarse el sudor y dar un trago de agua. Busca en el ge pe ese el lugar donde pueda aprovechar el terreno para planear el rebase.

Aguardan atrás revolucionando el motor y encendiendo las luces altas. El trailero, como toda respuesta, acciona la bocina: un aullido mecánico en la velocidad.

Una ese u ve color plata con un tropel de familiares a bordo adelanta por la izquierda a la Dodge. El camión disminuye las sacudidas y la camioneta familiar se interna en el carril disponible. La Borrega se coloca justo detrás, lo suficientemente cerca para ver que hay unos niños jugando en el asiento trasero.

El tractocamión coletea de nuevo. Una banda que sujeta los rollos se revienta y escupe el cargamento a la derecha. La ese u ve se aparta y pisa el terraplén. A punto de perder el control, el conductor oprime el freno hasta el fondo. Las llantas intentan amarrarse al suelo. Humo blanco, tierra y pelotas de goma son el resultado del fracaso. La Dodge no puede esquivarla y la golpea como un ariete en la parte trasera.

Ambos vehículos ya sin control navegan prensados un momento a la deriva. El acero de la pick up hiende a fondo la fibra y plásticos de la ese u ve. El cristal reventado deja oír, momentáneamente, el grito agudo de terror de los niños. El automóvil gira a la derecha hasta quedar debajo de una plataforma, enganchada al último eje trasero del semirremolque. El chirrido de llantas y el metal encendiéndose en chispas funde en un clamor maquinal el grito de los niños que ven cómo el diferencial de la plataforma machaca la cabeza de su madre en el asiento del copiloto.

La Borrega se escora a la derecha. Sale de la carretera a ochenta kilómetros por hora. La camioneta se estampa en el desnivel. El frente se arruga y la caja se levanta con el metal vibrando en un graznido. Adentro la Borrega golpea el volante con la frente. El brazo izquierdo se fractura contra el tablero que se contrae a su alrededor.

La pick up da una vuelta completa y cae de nuevo sobre sus llantas, aunque no se detiene. La inclinación del terreno la lleva por un barranco, hasta que al fin se estrella en un montículo de piedras y cactáceas. El piloto se queda un momento quieto en el interior. Se oye un hilo de piedras pequeñas que rueda en el manto recién removido de tierra. Con una sola mano se saca la gorra cubierta de polvo y de sangre, jala oxígeno a los pulmones comprimidos por el cinturón de seguridad. No tiene tiempo de celebrar que está aún vivo e incluso consciente. Sabe que cualquiera que le eche el guante de la gente que se detiene en la cuneta lo entregará a la policía. Intenta abrir la puerta y lo consigue a patadas.

Arriba en la carretera, el tráiler frena con un resoplido neumático. Un rollo más de acero se suelta y rueda por la ladera. Otros automovilistas, impresionados por el accidente, también se detienen a ver el estado de los ocupantes. A su lado pasan a toda velocidad el Amarillo y la camioneta de Humberto y Ricardo Prieto.

Los motoristas que se asoman al barranco ven cómo la Borrega corre a través de los matorrales sosteniéndose un brazo. Después, al escuchar, entre el silbido de los vehículos que no se detienen, el llanto de los niños en la ese u ve, se apresuran a ver si pueden ayudar. Algunos llaman a la policía, aunque presienten que es inútil. Otros bajan al chofer a puño alzado y lo golpean en la cuneta.

8

El flash de la Polaroid ilumina el cuarto donde la pareja duerme. En el silencio de la madrugada, los rodillos girando de la cámara fotográfica suenan como un suspiro robótico. El papel recién salido muestra una superficie azul que poco a poco se colorea con la imagen de los cuerpos dormidos. Archibaldo camina de un lado a otro en la habitación con tiento felino. El perro a su lado jadea y se recuesta. Sigue esperando que le dé otro pedazo de salchicha. Los cuerpos del Acerero y Carolina tendidos en la cama brillan con el sudor en los pliegues de la carne.

Semidesnudos, tienen las sábanas hechas ovillo en el rincón del lecho. El Acerero se crispa como si en sueños persiguiera algo. A su lado, la mujer habita apacible la cama en una contorsión extraña por la temperatura del verano.

La posición le recuerda a Archibaldo a la de las víctimas de atropello. El Acerero tiene la pierna al descubierto y bajo la media luz de la noche se puede distinguir su cicatriz, naciendo en la parte frontal de la espinilla y envolviendo la carne cual gusano blanco. Uno de los senos de Carolina está a punto de brotar de la camiseta de tirantes. En su piel grisácea se dibujan de vez en cuando arabescos de sombras por un automóvil que arroja luz al interior de la habitación. Le fotografía los senos. Sin lujuria. No le interesa el sexo. Hará un collage. La carne se le antoja desagradable. La organicidad de los cuerpos los emparenta con la podredumbre.

Después del flash y los rodillos, todo vuelve de nuevo a la calma gris de la media luz. Desea subirle la camisa para tapar su escote. Experimenta el pudor del hijo que sorprende a su madre en paños menores.

Archibaldo sale de la habitación. El perro lo sigue. Recorre las estancias con las fotografías en el bolsillo de la camisa. Mira al interior del cuarto donde duerme la niña. Ve algunos juguetes a contraluz. En el camastro distingue una forma humana. No entra. Sigue por el pasillo. Toca con las yemas de los dedos los enseres personales: las escasas fotos familiares, la ropa tendida, la cocina despostillada, adornos mediocres, muebles baratos, rincones en donde la suciedad no se disimula. Desde la ventana que da al jardín ve la gallina dormida debajo de la luz de la luna.

El perro se acuesta en el comedor. Archibaldo escucha la noche y respira con ella. Imagina los gallos en sus jaulas, a unas casas de ahí; el cloquear tranquilo de los animales en la oscuridad; la forma del sueño desesperado del Acerero. Durante el momento que dura un parpadeo ante la luz nocturna, interioriza la certeza de que no hay dios. Nadie vendrá a salvarlos. Cierra los ojos. Piensa en la gallina dormida en el jardín, en su búsqueda del gallo perfecto, la espera de un mesías que diera sentido al ir y venir del mundo. No sabe cómo describir esa sensación. Supone que es una forma de la tristeza. Se incorpora. Camina hasta la ventana. Alza la Polaroid seiscientos, encuadra a la gallina y aprieta el disparador.

Flash y rodillos. El papel sólo ofrece un cuadro negro. No nacerá ahí. Si no estuviera tan cansado, le retorcería el pescuezo al ave.

Camina hasta el refrigerador. Abre una cerveza. Saca una salchicha y se la da al perro. Prende un Raleigh y observa las fotografías que acaba de sacar. Colocadas en la mesa en orden como un mosaico. Una foto del Acerero. Una foto de Carolina. Y el cuadro negro del ave. Los cuerpos semidesnudos le parecen patéticos. Ni siquiera muestran un genital que se imponga sobre la anatomía deforme. Se le ocurre que ver a un hombre en pijama es más íntimo que verlo desnudo.

En el retrato detesta la geometría rota de la cicatriz en la pierna izquierda. La mira largo rato. Cree que puede recordar los gritos de esa herida. Ver el rostro y los ojos de su madre muerta. No son recuerdos: son casi alucinaciones. Piensa en cómo un cuerpo inservible aún puede correr en la Syclone estacionada afuera.

Da una calada larga al cigarro hasta ponerlo al rojo vivo. Mira una fotografía con la cara adormilada del Acerero. Trepana la hoja con la brasa borrándole el rostro. Da un trago largo a la cerveza; deja la imagen sobre la lata.

Cuando se levanta ve al perro acostado. Se acerca con otro pedazo de salchicha. El perro lo acepta y también permite que le acaricie la cabeza mientras mastica. Archibaldo sale en silencio de la casa por la puerta principal.

9

—Te lo pierdes, primo. Soy proveedor de Transportes González. ¿Los conoces? —pregunta la Borrega.

—Sí. Los que están por la San Pancho —responde el Amarillo.

Hablan recargados en la camioneta Ranger amarilla con el cofre abierto que deja ver un motor recién lavado, con calcomanías de aceites y marcas de autopartes de carreras.

—Esos meros. Don Carlos González era un cabrón. Siempre que le despachaba el dísel me regateaba el precio. Al final, como no me bajaba, me decía que le apostara un quinientón a un volado. Si él ganaba, le rebajaba quinientos; si no, me pagaba a mí la lana que era.

Después de hablar se quita la gorra verde y se limpia el sudor de la cara con el antebrazo. No hay viento bajo el cielo nocturno. Una loma llena de casas ilumina el horizonte detrás de la barda.

—Pero nunca me reclamó, primo. Yo vendo pura calidad.

—No lo dudo, amigo. Pero los turbocargadores son bien delicados. Le tengo que echar limpia.

—No hay falla, pero ya te dije. Te lo pierdes.

En el Palacio de Fierro las siluetas de máquinas deshuesadas parecen monstruos lacustres bajo los destellos de las luminarias. Suena una polca a todo volumen desde la Ford Lobo roja.

—Buenas noches a todos —toma la palabra Humberto con el timbre alto para que le pongan atención—. Tengo que decir unas palabras.

El Lobo apaga el radio. Los pilotos dejan de platicar entre ellos y escuchan:

—Hombre, algunos ya se conocen y los que no, pues sepan que ustedes son los más rápidos que encontramos.

Humberto habla en el centro de un semicírculo formado por el Amarillo, Kanjo, la Muerta, el Acerero, la Borrega y el Lobo. Un asador cerca de ahí emite un hilo de humo de grasa quemada. La carne humea en una charola.

—No me canso de repetirlo: mañana es un día importante.

La noche, ya vertida en el cielo, se ilumina con los faros encendidos de las camionetas atrás de los corredores. La Borrega se acerca a la mesa y agarra un cuero grasoso. Junto a Humberto, en silencio, aguarda el viejo Prieto. Kanjo apenas se sostiene mareado por las quimios que lo debilitaron.

—Ya saben el itinerario de la carrera: iniciamos en la matriz de la Fundición Cóndor y terminamos en la sucursal de Ramos Arizpe. La ruta por la libre a Saltillo es sin acordonar. Y el premio... pues, hombre, ya todos saben que es una lanota.

Algunos ríen. El Acerero y la Borrega abren una lata de cerveza. El Amarillo, recargado en su Ranger observa todo desde la distancia, no ríe ni hace comentarios. La Muerta, mientras Humberto habla, se escabulle entre los vehículos. Está demasiado oscuro como para que alguien note su ausencia.

—En unos momentos el señor Ricardo Prieto quiere hablarles. Pero antes quisiera saber si alguno tiene dudas.

Permea el silencio. El poco alumbrado público dibuja la negra silueta del cerro. Finalmente habla la Borrega:

—¿Y qué hay de la poli, primo? Habían dicho que la federal iba a darnos quebrada.

El Lobo relame un carrujo forjado. Kanjo se quita el cubrebocas y escupe un bolo de mucosidad roja al suelo. El Acerero observa detenidamente una maleta color verde que está en el regazo de Ricardo Prieto y da un trago a la cerveza.

—Hombre, la Tortuga se rajó por asuntos personales. No nos acompañará. Pero no se preocupen, la carrera será tan rápida que no va dar tiempo de ninguna reacción.

El Acerero apenas se inmuta. La Muerta escucha a lo lejos la conversación. Se acerca por detrás a la Lobo roja. Echa un vistazo a la caja: aparte de una cruceta para cambiar las llantas, está vacía. Camina por su costado hasta asomarse al interior: negro cual fauces. Mira hacia el frente para ver dónde está cada uno de los corredores. La silueta del Lobo con el bombín calado jala humo del carrujo de marihuana.

—Seguro que no hay problema por esto. Ustedes pueden sacarle la vuelta a cualquier policía.

La Borrega destapa su Dodge y con una linterna revisa el motor. Después mira al resto de corredores. Prefiere no acercarse al Lobo; el Acerero le parece un pobre diablo. La Chevrolet cinco cinco está sola. Al final repara en Kanjo y se le acerca:

—¿Qué tienes en esa camionetita?

El coreano no contesta; se limita a levantar el cofre de la Caddy blanca donde brilla, como una joya pulida, el motor uno punto seis uve tec turbocargado con los tubos de ventilación como tentáculos enredados alrededor de la máquina.

—No mames, cómo se te ocurre venir acá con un cuatro cilindros. Te vamos a hacer cagada, chinito.

Kanjo murmura algo, aunque sin intención de que lo escuchen.

—Oye —agrega la Borrega—, ¿y no te interesa comprar gasolina barata, primo?

La Muerta, junto a la Lobo roja, abre despacio la portezuela. Vigila que no encienda la luz interior de la cabina. Sigue oscura. Tienta con las manos abiertas el suelo del copiloto. Nada. Algunas latas vacías. Introduce medio cuerpo. Se incorpora lo suficiente como para ver que el Lobo esta junto a la mesa de la comida, agarrando una lata de cerveza y viendo la carne con displicencia con el cigarro en la comisura. La Borrega cuchichea con el Amarillo. Sigue el empeño de venderle gasolina de contrabando.

—Antes de que el señor Prieto hable, los invito a que hagan como la Borrega. Hombre, un corredor preparado vale por dos. Coman, échense una cheve, pero revisen bien sus máquinas. Mañana la salida es a las nueve en punto.

Abre la puerta de la media cabina de atrás y sigue buscando. Hay una manta, latas de comida y bolsas de ropa apestosa. Mete las manos debajo del asiento. Encuentra un arma automática. La sostiene en sus manos. Es una micro Uzi. Revisa el cargador. Lleno. Entonces es cuando comprende que esta gente no juega. Piensa que más le vale a Joaquín que su plan funcione. No hay nadie cerca. Toma una mariposa de una lata de atún. Abre el cerrojo del arma y mete basura y cualquier cosa que encuentre. Cuando va a dejarla de nuevo debajo del asiento se da cuenta de que, junto a ella, yace la carpeta roja que busca.

10

A medio camino se forma un embotellamiento que cierra el paso a los corredores. Uno tras otro llega a las hileras de automóviles que avanzan lento. Algunos metros más adelante, un banco de neblina se esparce en la carretera y sube hacia unas curvas que serpentean entre un cerro cortado al paso del asfalto. Arriba en la autopista domina el cielo blanco sobre las faldas de la sierra calcárea.

El Acerero revisa los retrovisores. Tiene la sensación de que la vida, como la conocía, se ha perdido. La tranquila desesperación de comprar fierro colado o refacciones cochambrosas no volverá. Pase lo que pase, no hay retorno. Recoge la pistola del suelo, la amartilla y la sostiene en su mano. En su mente sigue el sonido de la gota de gasolina cayendo en el barco. El calor le exprime la frente. La Muerta quema las llantas de la Chevy, mezclando la neblina con goma chamuscada. Se castiga por haber perdido la ventaja, aunque fuera por evitar atropellar a una señora. A su lado algunos conductores la observan escandalizados. Unos carros adelante, el Lobo camina con el sonido de la polca "De Ramones a Los Algodones". Desde donde está, la Muerta puede escuchar el fuelle del bajo sexto y el acordeón. El Amarillo enciende los faros antiniebla y el haz de luz amarillenta surca el blanco.

Kanjo se saca el cubrebocas, toma una botella de agua y se enjuaga. Escupe por la ventana. De la guantera saca un par de grageas de opioides y las mastica sin tragarlas de inmediato. Piensa que entre la neblina lo mismo es correr como alma que lleva el diablo que estar quieto sin moverse en el asfalto. Avanzan a vuelta de rueda, girando el volante para que la goma de las llantas no se enfríe.

El gran amasijo de automóviles a su lado se detiene y queda uno, dos, cinco minutos quieto por entero. Algunos vehículos apagan los motores para no consumir carburante. La Muerta, sintiendo que la ventaja que tiene el Lobo sobre ella se extingue, pisa una y otra vez el acelerador. El Acerero, con la intención de controlar la fuga de gasolina, también gira la llave en el interruptor y apaga el uve ocho. Pone el freno de mano.

Entre la blanca quietud que lo rodea, el Acerero sabe que va a perder. Casi en último lugar, sólo vino a hacer el ridículo, perder tiempo y dinero, una vez más. Y lo peor: perder su camioneta, su herramienta, su prótesis, su forma de habitar el mundo. Su nueva piel. Recarga la cabeza contra el asiento y cierra los ojos. De vez en cuando se escucha un vehículo que corre en sentido contrario, cortando el aire con un zumbido que arrulla. La adrenalina abandona sus venas y siente el calor. Con la neblina, el sol brota de todos lados y no hay sombra que pueda taparlo. Desabrocha su cinturón de seguridad y escucha por fin. Llega como un grito ahogado que lo obliga a abrir los ojos. En todos los vidrios el blanco tapa y disimula. Alza la pistola por si acaso alguien acecha entre la niebla. De nuevo el aullido que suena quedo, pero nítido; por todos lados, la bruma lo enhebra en el vapor caliente. Algunos automóviles encienden los motores porque, poco a poco, la caravana se mueve. El Acerero también despierta el cuatro cinco cuatro e imagina que todo lo que se desplaza en la carretera es un gran animal.

Mientras avanza crujiendo las gomas, vidrio y grava de la carretera, los gritos se escuchan cada vez más fuertes. A la izquierda ve lo que crea el embotellamiento. Al costado de la carretera, en medio de la zanja que divide los sentidos, un incendio aparece fantasmal como un faro en la niebla. La Muerta tiene suerte y su carril fluye más deprisa. Pasa al lado de la Lobo roja y alcanza a ver al piloto que tiene un cigarro en la comisura de los labios y el bombín casi sobre los ojos.

Cada uno de los automóviles se detiene a observar el tráiler de caja larga que se quema por sus cuatro costados. Pagan un peaje de morbo señalando con el dedo y comentando, si tienen con quién, lo que ven; o si no, blasfemando en voz alta y santiguándose. Después de eso la carretera difuminada en lo blanco está libre para los corredores. Cada uno, al llegar a ese punto, arranca a toda marcha. La Muerta primero y después el Lobo; Kanjo sólo un par de autos atrás.

Frente al Acerero un Seat Ibiza se detiene y mira el accidente a su lado. A los restos en llamas los rodean tres hombres que se debaten entre acercarse a ayudar al chofer atrapado que grita; o bien, alejarse por miedo a que el fuego llegue a los tanques del dísel y todo vuele en pedazos. El Acerero siente el calor de las llamas que crepitan en su rostro. Mientras, prensado entre los plásticos y aceros, el chofer aúlla palabras que sólo podría comprender algún familiar; y no es difícil deducir que el fuego ya le va lamiendo el cuerpo.

El corredor acciona el claxon dos, tres, cuatro veces hasta que el Ibiza amarillo se mueve lento y sin prisa. Atrás de ellos, en la camioneta Ford negra, Prieto al ver las llamas danzando en la atmósfera blanquecina, ordena a Humberto que baje las ventanillas para escuchar y oler el accidente. Levanta la nariz cual garrapata orando al cielo, buscando entre todos los olores, de goma quemada, de grava humedecida, de combustión de carburante, el hedor de la carne chamuscada.

Mientras arranca, el Acerero lanza una última mirada al tráiler en llamas sabiendo que va a perder. Escucha en los aullidos de ese hombre su propio destino, que si pierde da lo mismo si está vivo, pues no habrá sitio al cuál regresar. Hunde el acelerador a fondo, rebasa al Ibiza chirriando las llantas contra el concreto. Mientras gana velocidad y la niebla poco a poco se levanta, percibe a través del retrovisor un flamazo intenso que ilumina momentáneamente la cortina que todo lo emborrona.

11

Apaga la música porque no escucha al ingeniero. Abarata cada palabra como un soplido que se escapa de su boca. Ya no grita ni se defiende. Hincado, con las manos atrás, apenas consigue mantenerse erguido.

Archibaldo se inclina para escuchar lo que dice. Después le apunta con la llave Stillson:

—Ya me dijiste eso. Lo de los protocolos de deshechos y lo de los filtros en las chimeneas. Pero, ¿quién fue?

El ingeniero se queda en silencio. Archibaldo vuelve a inclinarse, pero sólo oye el aire silbando. Le da un coscorrón con la Stillson. Con cuidado, no quiere que se muera ni se desmaye. El hombre escupe sangre.

—¿Quién puso el dedo?

—Creo que éste ya no va hablar—dice el Lobo, fastidiado porque apagaron la música; lo observa todo, recargado en su camioneta.

—Ya habló. Pero tiene que hablar mejor.

Lo toma de los cabellos y lo zarandea. El ingeniero se va al suelo. Apenas se remueve cual gusano moribundo para incorporarse. Archibaldo alza la Stillson y de nuevo la descarga sobre la espalda.

—Antes, de niño, creía que una Stillson era una especie de pájaro carnívoro.

El Lobo se alza de hombros. Apenas se le distingue el rostro cubierto con pliegues de sombras por la brasa anaranjada de un carrujo de mota. Aunque le aburre la lentitud, no pierde detalle de cada golpe.

—Va a hablar mejor —repite Archibaldo—. Prende tu troca y levanta el cofre.

Desata las manos al ingeniero que, tirado aún en el suelo, tose coágulos de sangre. El Lobo con escepticismo enciende la camioneta. La polca se reanuda a todo volumen. Cuando baja la perilla escucha:

—No. Deja la música alta.

El Lobo lo aumenta. Deja que salga, a todo lo que da, el acordeón de Ramón Ayala y Los Bravos del Norte con "Bailamos, tía".

—Ven aquí —Archibaldo lo levanta de los cabellos y lo arrastra hasta la parrilla de la Lobo—. ¿Ya vas a decirme quién puso la denuncia?

Ante él, el motor uve diez Tritón seis punto ocho ronronea semejante al hocico de una pantera. El abanico le roza la camisa. Sin paciencia para esperar una respuesta, Archibaldo toma su mano derecha y la lleva a uno de los turbocargadores en el múltiple de escape. Con la otra mano manipula el cable del acelerador para levantar las revoluciones. El turbo silba. Se nubla la música y sólo se escucha el aire inyectado a la cámara de combustión. Empuja uno de los dedos del hombre a las hélices de la turbina y desaparece hasta los nudillos.

El ingeniero grita. Aúlla al cielo, pero apenas destaca por encima de la redova. El motor alebrestado también retumba. El Lobo relame el papel con olor a hierba. Su camioneta está probando, por primera vez, la carne humana.

—¿Eso no le hace daño al motor? —pregunta.

—El secreto es meter el dedo poco a poco para que la carne y los huesos se mezclen con gasolina y los queme todos adentro. Es un aditivo.

El motor se acelera solo. Encuentra una bocanada de aire y lo quema de inmediato.

—Órale. Parece que le gustó.

—Pues le doy más.

El ingeniero, reducido a un ovillo humano en el suelo, gime. Archibaldo mete otro dedo al turbocargador. Desaparece como una zanahoria en un procesador de jugos. Tenso en sus soportes, el motor mastica, traga y combustiona. Vuelve a gritar.

Al formarse el alarido en la boca, se calla de súbito. Quien sostiene la Stillson es ahora el Lobo. El ingeniero está en el suelo con la cabeza hundida hacia adentro cual sandía rota. Queda sólo el sonar de la redova repicando.

—Mucho escándalo. Órale, súbelo a la camioneta y vamos a llevarlo a la autopista.

Archibaldo no se mueve. Tuerce los ojos y busca, entre las sombras del rostro, los ojos del Lobo. Parece que va a decir algo, pero no lo hace.

—Si no te lo dijo antes, no te lo iba a decir ahora, compa. Con lo de los pinches protocolos y los filtros ya estuvo.

—Conduce su camioneta. Yo iré delante —responde Archibaldo levantando el cuerpo.

Salen del Palacio de Fierro, Archibaldo en la Dodge verde, el Lobo conduciendo la camioneta blanca con logos oficiales. Avanzan en la oscuridad hasta llegar a la autopista. El rostro del ingeniero brilla con la intermitencia de las farolas en el puente de la carretera. Después todo se queda a oscuras. El Lobo tamborilea en el volante.

Dan vuelta en el primer retorno. Regresan a la ciudad que parece una constelación invertida y la autopista un precipicio que, poco a poco, muestra una caída libre ante el halógeno multiplicado. Se acercan a la curva final del puente que conecta con la avenida Morones Prieto. La Dodge se orilla y enciende las intermitentes. El Lobo hace lo propio atrás.

Archibaldo mete la mano debajo del asiento y saca una caja con bengalas. Hay cuatro cartuchos. Toma uno. Después busca una piedra grande en el terraplén. Algunos carros zumban a su lado, pero no se detienen. El Lobo de dos jalones acomoda el cuerpo del ingeniero en el lugar del piloto. Enciende la camioneta y amarra el volante con los cinturones de seguridad.

Acomodándose el pelo que le cae sobre la frente, Archibaldo coloca la piedra sobre el acelerador. La camioneta ruge. Miran carretera arriba y no ven ningún carro aproximarse. Ponen la palanca de dirección en Drive y la camioneta arranca. El Lobo, casi de inmediato, enciende el remanente de hierba y se acomoda el bombín. Ven la pick up alejarse.

Archibaldo toma la bengala y tira del cordón para encenderla. La llama rojiza ilumina en medio de una nube química. Las sombras bailan. Camina hacia atrás, después con toda la inercia del cuerpo, tira el artefacto al cielo donde gira y avanza lanzando sombras rojizas sobre el asfalto y la camioneta a la deriva.

El vehículo se ilumina de rojo. Después choca contra la barandilla del puente. Levanta chispas. Los hombres contienen la respiración. La curva se vuelve más pronunciada. La bengala cae al suelo. La camioneta desaparece en el borde de la autopista.

12

Al entrar a la cocina, arrastrando su cojera, lo recibe la nota perceptible de humo de cigarro. Sobre la mesa hay una lata abierta de cerveza y una colilla rodeada de ceniza.

Masculla una maldición. De inmediato supone que fue ella la que se levantó en la madrugada a tomarse una cerveza y fumar. Al acercarse al comedor ve la Polaroid.

En la foto él mismo está dormido semidesnudo, apenas con un pijama delgado cubriéndole una de las piernas. El flash de la cámara quemó algunas partes de su piel y se ve completamente blanca. Mira su cicatriz en la orilla del horror, con la nota de pasmo que da la impúdica exposición de los genitales. Su cara desaparece en un agujero hecho con la colilla de un cigarro. En una esquina las formas oscuras de Carolina, mostrando pliegues y encajes.

El escalofrío se mezcla con algo parecido a la rabia. El perro aparece revoloteando en busca de algo para comer en el suelo. Si tuviera la muleta a mano le daría una patada.

Sabe que Archibaldo estuvo ahí y que el perro no hizo ningún ruido, porque desde antes del accidente, al pasar por la casa, lo saludaba y le acariciaba la cabeza.

Su mujer aparece y va directo al refrigerador en busca de los huevos que cocinará para el desayuno.

—Huele a cigarro —dice al cerrar la puerta.

Coloca la sartén y vierte algo de aceite. Enciende el fuego y se queda un momento viendo la superficie negra de acero que se calienta.

—Me echas en cara cada vez que fumo y tú le das cuando se te pega la gana.

El Acerero no responde. Agarra la cerveza y la colilla y las tira al bote de la basura. La fotografía, doblada, la guarda en el bolsillo. Se asoma al jardín.

—La gallina volvió a picotear las macetas.

Habla a media voz sin esperar respuesta. Carolina se ocupa de la comida. Desde la puerta al jardín, piensa en decir algo para entibiar el humor.

—No tengo hambre.

Ella se detiene de nuevo. Se recarga en el mueble de la estufa y agacha la cabeza dándole la espalda. Ya pocas cosas quedan para decirse entre ambos que no sea una forma sutil de joderse.

El Acerero no piensa en eso. Imagina qué habría ocurrido si él se despertaba en medio de la noche. Si abriera los ojos y viera a Archibaldo al pie de la cama. Lo amenazaría cojeando por el pasillo o se abalanzaría sobre él o nada más lo vería entrecerrando sus ojos, esperando a que se fuera. Si tuviera una pistola sabría solucionarlo.

Antes de responder, la mujer hurga en el fondo de un cajón para sacar una cajetilla de cigarros. Está abierta y saca uno.

No hace falta que hablen para saber qué piensa el otro. Siempre que sale el tema de las macetas, de la comida, del ruido, del olor, ya sabe lo que quiere decir.

—Ya se dieron cuenta los Urdiales. Mejor vendo la gallina y nos quitamos de problemas —dice él. Y al no encontrar respuesta—: Ya no quiero más broncas con ellos.

—Haz lo que quieras. Pero tú le explicas a la niña —espeta Carolina.

Da una calada larga y el cigarro se enciende al rojo vivo cuando él azota la puerta al salir al patio.

13

A toda velocidad sobre carriles mal pintados, las camionetas se abren paso en el tráfico que avanza compacto. El Acerero aún no suelta su revólver Smith & Wesson y se aferra a la culata de tal modo que apenas puede agarrar la palanca de cambios. Mientras intenta dar alcance a la camioneta de Kanjo, que esquiva a los automovilistas, recuerda que si el cuatro cinco cuatro llega a la temperatura límite, la gasolina se encenderá en una llamarada que levantará el cofre en una explosión.

De pronto se topa con un motociclista que bloquea el paso en el carril de alta. Al otro lado un camión roll-off con una caja enorme transporta lo que parecen recortes y rebabas de metal desechado. Una patrulla pasa en sentido contrario con las luces y sirenas encendidas. El Acerero no toca el claxon. Se pega bastante al guardabarros trasero del vehículo hasta que la fascia delantera de la Syclone acaricia la llanta de la motocicleta por detrás. El hombre montado en ella, en lugar de hacerse a un lado, amenaza tocando, apenas con la punta de los dedos, los frenos en el manubrio, encendiendo las luces indicadoras.

Atrás, el corredor entiende que no va a conseguir nada presionándolo así. La solución la sostiene en la mano derecha. Se acerca lo más que puede y consigue poner la Syclone entre el roll-off y la motocicleta. Le grita "¡hey!", pero se entiende que no escucha a través de la bola roja del casco que trae puesto.

"¡Hey!", vuelve a llamarlo el Acerero y esta vez golpea con la culata del revólver la chapa metálica de la camioneta.

El motorista mira de reojo y su mano se agarra del freno. El Acerero le apunta con el Smith & Wesson directo a la cabeza. Toma el carril y acelera. Pero al meter el revólver por la ventanilla, quiebra la geometría delicada que lo mantenía a centímetros del roll-off. La camioneta coletea y el corredor pisa el freno para no perder el control. No hasta el fondo, apenas un bombeo suave que le dé calor y fricción a las gomas. Las llantas chillan y el motor se revoluciona en una nube negra. El motociclista, detrás de él, también pierde el control y a ochenta kilómetros por hora cae al suelo y se desliza cientos de metros girando en el asfalto hasta detenerse, magullado, en el terraplén.

El Acerero apenas alcanza a ver en el retrovisor que el Amarillo aprovecha la confusión y la pérdida de velocidad para intentar colarse entre el roll-off y la Syclone. De un volantazo, el corredor cierra el hueco y acelera. Ambas camionetas quedan, rozando las chapas, en la línea de alta. Se oye el crujir del acero que se visita y reacomoda en cada embestida. La Syclone empuja a la Ranger mientras un extraño pudor posee a los pilotos, pues miran fijamente hacia adelante sin querer intercambiar expresiones entre ellos. La camioneta plateada se lanza de nuevo contra la Ford, y esta vez la amarilla también contesta. Ambos vehículos pierden aceleración y de nuevo una curva incontrolable se hace presente en la dirección. El Acerero, de nuevo, bombea el freno para no terminar en la zanja. El Amarillo, más hábil, adelanta la camioneta a punto de rebasar por la derecha y enfilarse a ocupar el centro del carril. El acelerador lleva al motor tres cero dos al límite; bajando una marcha de la transmisión, lo eleva hasta las ocho mil revoluciones por minuto. El caballaje del cuatro cinco cuatro de la Chevrolet también relincha a pistón batiente por la doble garganta de los carburadores.

Cuando el Acerero entiende que no podrá darle alcance, lo golpea en el costado izquierdo de la caja de la camioneta. La Ranger zigzaguea en el carril. Cual navaja de plata, la Syclone de nuevo la golpea y la lanza contra el roll-off. Los baleros del contenedor del tractocamión revientan el vidrio de la camioneta amarilla. El viento se cuela en medio de la cabina y lanza los fragmentos del parabrisas en todas direcciones. El impulso es suficiente para que la cabeza del Amarillo quede estampada en un mazacote de acero de uno de los rieles donde se monta el contenedor.

Su cabeza queda entre el riel y el parabrisas trasero, y reventando este último, casi decapita al piloto, dejando únicamente algunas tiras de hueso y de piel que mantienen la cabeza en su sitio, sostenido más por la estructura rígida de acero que por los pliegues y músculos de su anatomía. El cuerpo del Amarillo queda sentado, sin soltar el volante; su pie, enfundado en un zapato de asbesto, se hunde más en el acelerador y el tacómetro baila en las zonas más diestras y rojas hasta que el monoblock de aluminio se abre por una costura y una biela salta por los aires, destruyendo a su paso la marcha, el diferencial y finalmente revienta un neumático.

El chofer del roll-off, sintiendo el impacto contra su vehículo, sin detenerse y observando su espejo lateral, intenta cerrarle el paso al Acerero que, dueño del carril, ya surca libre. Es demasiado tarde, la Syclone emerge del rebase y se pierde de inmediato en la velocidad. Algunos automovilistas suenan el claxon con fervor para que el chofer se dé cuenta de que la camioneta amarilla sigue aún empotrada con la parte trasera del camión. Sin embargo, el metal cede: con el volante torciendo de un lado al otro, el rin desnudo visitando el asfalto en medio de chispas y el motor herido de muerte, chorreando líquidos de todos colores como un jabalí degollado, los vehículos se separan. El Amarillo, sin vida, parece aún conducir la camioneta al soltarse de los rieles y queda un momento a la deriva en la carretera, antes de torcerse a la izquierda y estamparse con un muro de piedra en medio de una llamarada azul y una nube de polvo.

Para entonces, cuando el chofer finalmente se detiene, el Acerero ya es un matiz del blanco entre la niebla.

14

El ojo amarillo del gallo giro mira al japonés saltar. Ambas aves se encuentran en un aleteo silencioso que esparce plumas en el aire. Al principio, ninguno de los hombres que están en la bodega grita. Observan también, con los ojos redondos, las primeras escaramuzas apenas besando distraídamente la botella de cerveza.

Los animales se trenzan un segundo en el aire y caen al piso encrespados y con las cabezas sostenidas a centímetros del suelo. El giro da pasos hacia un lado. El japonés de frente. De un brinco, el gallo giro alcanza a picarle la cresta de carne al oriental. Un hilo de sangre mancha la tierra en donde pelean. Las rémiges se extienden en el espacio mientras se reanuda la danza del combate. El líquido negro que cae sobre el cogote marrón del gallo herido le cubre parte de un ojo y el pico.

La siguiente embestida sólo alcanza altura suficiente para que la orejilla quede a merced del espolón del enemigo. El gallo giro no perdona y deja caer su peso sobre la cabeza del japonés. Lo aplasta hasta hundir su cabeza contra el suelo y revolcarla. Se forma una capa de lodo sanguinolento. Desde abajo, con el cuello alargado, el japonés intenta picar donde puede. Le lastima un poco las patas, pero los caireles, revueltos con cada picotazo, protegen al giro de un daño mayor.

Algunas siluetas se levantan de las cajas en donde beben. Los que apostaron se sorprenden del dominio absoluto del gallo amarillo. De nuevo otro brinco, pero el aleteo aleja a los animales el uno del otro. Los galleros respectivos alientan con manotazos.

El dueño del giro es Omar. Al sonreír ofrece a la vista un diente de oro. El del japonés es un hombre regordete de bigote frondoso con un reloj que le aprieta la muñeca. El desarmador del Palacio de Fierro se soba las manos esbozando una mueca de gozo. El gordo domina la tentación de detener la pelea. Todavía no se cumple el minuto. Cree aún que puede ganar y la idea de todo lo apostado le eriza los vellos de la espalda. Grita una obscenidad a modo de apoyo.

Las aves peinan la tierra. De nuevo saltan aleteando para atacarse, pero el japonés ya no tiene fuerza. Desde arriba el giro cae con los espolones magullando la rabadilla y picoteando donde se pueda: ancas, muslos. Las plumas pajizas del cogote y la cabeza se vuelven de carmín.

El dueño gordo del japonés da un paso al frente para detener la pelea.

—Ya agárralo. Me lo va a matar.

Omar se muerde la lengua para no burlarse. Sonriendo le da un jalón a las timoneras del giro que alza la cabeza como un reptil plumífero y sanguinolento. Cuando lo levanta en brazos para meterlo a su jaula, el gallo sigue mirando encrespado con su ojo amarillo al japonés que intenta levantarse del suelo, sin conseguirlo.

Alrededor los hombres vitorean y se quejan.

—No mames, no duró ni el minuto el pinche japonés —dice uno alzando su botella de cerveza.

—Omar se va a papear.

—Y espérate a que cruce este giro con la gallinita que conseguí. Pinches animales van a llegarme a la cintura.

—A huevo.

—Salud.

Omar da un trago a la cerveza y siente la sangre dentro de él que se sitúa en cada rincón.

—Anda bien pedo, compadre.

—Mira cómo lo dejó —dice alguien entre risas.

El gordo recoge al gallo malherido. Lo alza con una mezcla de lástima y decepción.

—Ni pa'l caldo va servir.

La burla cala. Aprieta la boca. Mirando fijamente a Omar, el hombre gordo le jala el pescuezo al animal que estira las patas y se queda temblando un par de segundos en sus manos regordetas. Después se queda quieto.

—Que pierda, está bien. Es de hombres saber perder, pero dile a tus compadres que se callen el hocico o no respondo. No se vale que hagan burla —dice mientras echa el cadáver del ave en un tambo repleto de cuerpos de gallos.

—No son mis compadres. Son gente que viene a ver. No les hagas caso, andan bien pedos. ¡Ya oyeron, cabrones! Cállense el hocico. Respeten al señor que acaba de perder una buena lana.

Omar aprieta las quijadas para no sonreír diciendo la última frase.

—Y un buen gallo —dice el gordo.

—Ni modo, amigo. Usted tuvo la culpa, ¿para qué me anda retando? En todo Santa Catarina no hay gallo que le llegue a los míos.

El gordo se limpia la sangre con un trapo, mientras un tercero, que resguardaba el dinero apostado, le entrega el fajo de dinero a Omar.

—Y eso va para armar el corral machín. Porque voy a tener gallos que no me los voy a acabar.

Hace la señal de la cruz sobre el dinero y se lo mete a la bolsa del pantalón.

—A ver si me vendes uno.

—Ya veremos, dijo un ciego.

—Pinche Omar, anda en una racha. Desde que consiguió a la gallinita gira a cambio de una pistola pedorra.

Omar se ríe.

—Ese Acerero se la va a pelar bien pelada.

—Achis, si yo escuché que le dijiste que ese fierro te salvó la vida.

—Sí, me la salvó. Ya te sabes esa historia.

—¿Cuál?

Algunos hombres recogen bártulos, navajas, jaulas. Otros destapan cervezas. El interior de la bodega huele a orines y sudor.

—Cuando agarré a la vieja con el sancho.

—Ah, ya.

—Pero yo no me la sé. Cuéntala.

—N'hombre, ya me ando yendo. Porque ése del gallito japonés se me queda viendo muy feo. Se me va amargar la cheve. Mejor no lo tiento.

—Ándale. De volón, cuenta.

—Chingado. Pues una vez llegué al rancho de improviso y mi vieja andaba con el sancho. Vi una camioneta estacionada enfrente. ¿Y pues quién tiene que andarse estacionando enfrente de la casa de uno? Y pues que voy al cobertizo y saco la Smith & Wesson. Checo la munición y me meto al cuarto.

—No mames.

—Y los veo encuerados, chingue y chingue, grite y grite, sin saber que yo ya ando ahí. Y de pronto que les digo: "¡Hijos de sus pinches madres, así me pagas culera!" N'hombre, nomás me acuerdo y me pongo a temblar.

—¡Y se te para, cabrón!

—Y cuando se dan cuenta pegan un brinco y se quieren tapar con la cobija y sin decir agua va, los encañono y… clic, clic, clic.

—¿Cómo que clic?

—Pues que la pinche mugre no disparó.

—Ah, no mames.

—Y el sancho encuerado me puso una madriza.

Todos se ríen. Omar ya levanta la jaula y se dispone a salir.

—¿Y por qué dices que te salvó la vida?

—Pues porque si me los chingo, ahorita andaría en el penal de Matehuala. Lo cornudo se te olvida, pero la verguiza de treinta años en el bote, no.

Le da un último trago a la cerveza.

—El Acerero se la va a pelar. Para que se le quite lo culo y lo mamón.

Camina hacia la puerta casi a trote. Antes de salir se da la vuelta y le habla al dueño del gallo japonés que está pasando un trago de alcohol.

—Oiga, ya mejor ponga un puesto de pollitos con achiote. Le va a ir mejor.

Truenan las risas y el gordo le avienta la botella antes de salir corriendo tras él. Omar se apresura a escapar. Sale de la bodega. Afuera se escucha un golpe seco de cristal reventándose y un rechinido de llantas.

Varios hombres corren a la puerta.

—No mames, ya le cargó la verga a Omar.

La velocidad da forma a lo impredecible. Provees, con tu movimiento, la línea recta ininterrumpida que parte en dos el horizonte. Línea sin carril y sin tráfico. Geometría en el territorio del ocaso. Un automóvil naranja, casi rojo, suena el claxon. Un balón de futbol que aparece ante ti a unas centenas de metros de distancia. Detrás de él un niño corre saliendo de entre dos automóviles estacionados. El tiempo de reacción es mínimo. La velocidad amasa lo impredecible y te pone a prueba. Al pisar el freno el volante cobra vida. Cualquier intento de maniobrar se convierte en sobreviraje. El niño levanta la vista y queda inmóvil: los pies rectos y mirándote con el ceño arrugado. Imaginas que tiene apenas seis años. Sus manitas se levantan a la altura de la panza y se crispan al oír la batahola mecánica del vehículo que se aproxima. La camioneta se escora a la izquierda. Lo imprevisible y tú se cruzan. La física obra, en un parpadeo, un milagro horroroso. El balón se revienta con los bajos del chasis. Los gajos de cuero se disgregan en un último bote sobre el asfalto. No hay zumbido, sólo chirriar de goma y algunas voces y gritos de vecinos que se alertan. La camioneta invade el sentido contrario. Ves la cara del niño que entrecierra los ojos esperando a que la caja de la camioneta lo reviente a su paso. Unas piedrecillas sueltas salpican el camino. Dejas que ocurra: sueltas el freno esperando que las llantas al girar recuperen agarre en el suelo. El volante baila bajo tus dedos. Dentro de ti se abre una sensación de vacío como si fueras una bolsa de aspiradora que jala aire por la boca y por el culo. La adrenalina hormiguea en la nuca y las sienes. Las sombras repintadas de los cerros en las orillas de las casas, los vecinos que se asoman al porche, el automóvil rojo que se pierde en sentido contrario, la camioneta que aparece frente a ti: todos saben que el control no va a volver, excepto tú. Vuelves a apretar el volante, deseando recomponer la geometría vacía de lo esperado. No hay zumbido, no oyes más que los fierros mascándose unos a otros en la tensión del viraje. Mantienes los ojos abiertos. Las luces y sombras caen. Miras lo impredecible. Si vieras a la derecha, en el espejo, verías que el niño aún no se mueve, con todas las extremidades agarrotadas esperando un golpe que ya esquivó. Él también espera algo, como tú, con las manos crispadas y los ojos cerrados, que no llega.

15

Desciende sobre el lugar un silencio magnético cuando Ricardo Prieto avanza al centro de la reunión. La grava cruje debajo del caucho de una silla de ruedas. En parte es horror, en parte sorpresa por su estado de salud. Los corredores esperan a que el anciano hable. No lo hace de inmediato. Aguarda con la mano sobre la bolsa verde que reposa entre sus piernas.

La Borrega deja de tragar carne, la Muerta se recoge el pelo detrás de la oreja, el Acerero no puede quitarle la vista a la mochila. Humberto, sentado unos metros detrás del viejo, se traga un bostezo y cruza las piernas. Alguien dice, en un susurro:

—Se ve bien jodido.

—Existe algo en el olor a gasolina que a todos nos gusta —habla Prieto—. Desde que era pequeño me di cuenta de que esa clase de aroma es de los mejores. Preferimos, hablo por todos, el olor del dísel, del aceite tostado, el hedor del arrabio fundido. ¡Lo huelo y sé que estoy ante un olor que ha creado el hombre! Tengo en la punta de la nariz los miles de años de técnica e historia. Huelo el futuro, los ingenios de los hombres idos. El progreso. Huelo los muertos.

El Amarillo, recargado en la Ranger, asiente con la cabeza. No come carne.

—El desarrollo de la carrera ya lo explicó Humberto. Yo hablaré de los premios y las posibilidades. En esta mochila tengo dos millones doscientos mil pesos.

Exclamaciones de asombro: un silbido y una broma. El Acerero se mece los cabellos. Kanjo, con el cubrebocas, permanece invariable.

—Como ustedes sabrán —continúa Prieto—, el premio en metálico es de un millón doscientos mil pesos. Que corresponde en parte al dinero puesto por cada uno de ustedes al inscribirse, o el valor de la camioneta que perderán si no ganan, y otra parte fue aportada por la fundición. Aparte de eso, hay un millón extra por la cláusula especial.

—¿Cuál cláusula? —habla el Amarillo, interpelando sin mediar permiso.

—Nadie dijo nada de una cláusula especial, primo —añade la Borrega.

Ricardo Prieto los mira un momento en silencio. Su mirada está más allá del desprecio. Levanta su mano translúcida y de un gesto le pide a Humberto que se levante.

—Se les comunicó, hombre —afirma el chatarrero—. En caso de que lo hayan olvidado, se los recuerdo: el señor Ricardo Prieto, a modo de agradecimiento por la valentía que implica la carrera, aportará de su fondo personal la cantidad de doscientos mil pesos por cada uno de los pilotos que pierda la vida en la carrera. Hombre, deberíamos darle un aplauso por reconocer a estos corredores con huevos.

Humberto sonríe y aplaude efusivamente, aunque sólo le sigue la corriente el Lobo con el cigarro en la comisura de media luna.

Prieto interrumpe con un gesto y le extiende la mochila al chatarrero.

—Entiendo que para mayor seguridad les gustaría ver esto.

Humberto toma la maleta, abierta por la mitad con su zíper amarillo, y se acerca a cada uno de los corredores para que vean el interior de la misma. Adentro brillan acomodados unos fajos de billetes púrpuras de mil pesos.

—Confío que esto baste para mostrar la buena fe de esta competencia deportiva.

La mochila vuelve al regazo del anciano. Parece que va a decir algo. Abre la boca, pero se detiene a repasar las caras de los corredores. Quisiera ver en ellos algo revelador, algo de lo que busca. Sólo son hombres ordinarios que persiguen dinero y, durante un momento, extraña a Archibaldo.

Finalmente se limita a preguntar:

—¿Alguna duda?

Todos guardan silencio.

—El seguimiento de la carrera se hará en vivo. Estaremos junto a ustedes durante el trayecto.

Después, con otro gesto, Prieto le indica a Humberto que no hay nada más que decir. El chatarrero se arremanga la camisa y se lleva la silla de ruedas hasta la camioneta en la que saldrán mañana.

Los corredores rompen filas. La Borrega vuelve a la mesa de la carne y alterna la comida con el trabajo en el carburador. El Amarillo, sin decir una palabra, mirando a su alrededor con una sonrisa quebrada en la comisura, seguro de que va a ganar, sube en la Ranger y arranca. Sale de reversa del lugar. El Acerero no tiene apetito. La Muerta, recargada en la parrilla de su camioneta, se contiene para no marcharse tan rápido. Mira la hora. Quince minutos serán suficientes para guardar las apariencias. Kanjo entra en la cabina de la Caddy, se recuesta a medias en el asiento y cierra los ojos. Parece que se dispone a dormir un rato.

El Lobo abre la camioneta roja y prende el radio con una polca a todo volumen. Después camina hacia la Chevrolet pick up del cincuenta y cinco. Un hilo de humo verdoso lo sigue mientras mira la camioneta, después voltea hacia la mujer. Con las manos empuja la polvera para ver la suspensión. Apenas se mueve.

—Órale, así me andan gustando las viejas y las trocas: firmes.

La Muerta no contesta. Se incorpora y lucha con la tentación de poner los seguros. Espera que la carpeta roja haya quedado por completo debajo del asiento.

El Lobo baila al son del fuelle de acero del acordeón y la redova. Gira sobre sí mismo, se apunta con los pulgares a los claveles de su camisa negra percudida y se levanta el sombrero como si saludara a un fantasma.

—¿No bailas, gabachita?

La Muerta no responde. A su alrededor los pilotos, cada cual en sus asuntos, no se ocupan de la conversación. Apenas se cruza de brazos.

—No seas rejega —dice el Lobo y da una vuelta sobre sí mismo—. ¿O nomás hablas inglés?

Se acerca a la camioneta y a la mujer:

—¿Qué traes ahí debajo? ¿Un Vortec o un cinco punto tres?

—Un seis punto dos turbocargado.

—Órale. Me andaban diciendo que eras gringa. Qué bonito hablas español. ¿Y me andas dejando verlo? ¿O me voy a chingar a mi madre? —dice sonriendo mientras se recarga en el cofre; deja sus ojos a la altura de sus pechos.

—Ya mañana. Sin prisa.

—Es que prisa si te ando trayendo.

Se incorpora y camina hasta la puerta del conductor. Antes de que pueda abrirla, con un control de alarma, la Muerta pone el seguro. Se puede ver, a través de una luz que se quiebra en geometría de sombras, la esquina roja de la carpeta en el suelo del vehículo.

—Dije mañana, ¿okey?

El Lobo camina hacia ella, pero antes de que pueda decir o hacer algo, el Acerero se acerca a ellos con la muleta bajo la axila y un plato lleno de carne, ofreciendo a cualquiera de los dos. El Lobo se detiene. Lo mira fijamente. Da una calada al carrujo de mota; tuerce los labios en una mueca sin sentido.

—Órale, gabachita. Mañana —se acomoda con una pirueta el bombín, que le cayó sobre los ojos y se aleja—. ¿Y tú qué, pinche cojo?

El Acerero no se mueve ni gesticula. Le ofrece carne de nuevo. La Muerta tampoco habla. Después un breve y casi inaudible:

—Thanks.

—Pero si no has agarrado carne.

—Gracias —vuelve a decir agarrando un pedazo.

El Lobo sube a la camioneta, pero no la arranca. La mujer intenta ver si busca algo o simplemente está fumando en el interior. No ve nada. La polca sigue tronando.

—Mejor ya vámonos —dice y avienta el hueso al piso; llama después a un perro.

—Creo que el perro ya se murió.

Ella mira las sombras esperando que algo aparezca.

—Vámonos —vuelve a decir.

Los rincones del Palacio de Fierro, con sus sombras de cochambre, están mudos. No aparece ningún perro.

—Sí, vámonos. Mañana es un día importante.

16

Entre la neblina hecha jirones en la carretera se abre paso la troca escarlata del Lobo. Alcanza a ver, circulando entre el tráfico, a la Muerta que lidera en solitario. Las rectas favorecen al motor seis punto dos y las curvas no son suficientes para darle caza.

Ya tiene en el portavasos la semiautomática Uzi esperando a tener a algún corredor a tiro limpio. Con la vista al frente, no se da cuenta de que Kanjo y el Acerero le pisan los talones hasta que, por encima del aire que corta las aristas del metal, el bramido del hidrocarburo suena a timbales de una guerra que viene.

Observa los retrovisores y ve a uno a cada lado, cercándolo por detrás y la derecha. Escucha sirenas, pero no sabe de dónde provienen. Se seca el sudor de la frente con un pañuelo que introduce debajo del bombín. Toma la Uzi con la diestra y se queda atento a los espejos. Asume la medianía de ambos carriles para controlar a los corredores con los espejos laterales y saber si uno ataca el flanco que crea desprevenido.

Atrás ellos libran su propia lucha: Kanjo y el Acerero intercambian los carriles. Ahora la Caddy blanca ocupa el de máxima y la Syclone el de la derecha. Kanjo no mira a los lados o los espejos laterales. Desde que inició la carrera mira al frente: al lugar en que la geometría del asfalto visita el horizonte. Su vehículo es el único cuatro cilindros y su superioridad en las curvas es la que lo mantiene a la par de los otros.

Ataca el espacio de la izquierda que hay entre la Lobo y el terraplén, esperando que la Ford tenga que decidir cuál de los dos carriles va a tapar. El Lobo no duda un momento y abre paso a la izquierda hasta que la Caddy se empareja a su altura.

Atrás el Acerero se sorprende de que ceda la posición. Entonces ve asomar por la ventana del piloto la mano con la Uzi apuntando a Kanjo. No hace nada ni siente nada, cada muerto vale su peso en billetes púrpuras.

El Lobo aguanta el tiro hasta que las cabinas se alinean. Se da el lujo de preparar la ráfaga para que atraviese la chapa y dé directo en el piloto. Imagina que al roce del gatillo la automática soltará siete balas que reventarán el parabrisas, perforarán la chapa y tapicería y besarán la carne del coreano. Al tirar del dedo no ocurre nada: un tableteo inofensivo. Kanjo avanza por el carril sin enterarse de lo que pende sobre su cabeza.

El Lobo aparta la Uzi y utiliza la pick up como un ariete. En peso no hay comparación y la Caddy cede al golpe y visita el terraplén. Las manos de Kanjo se aferran al volante y la vista fija en el horizonte permite que, al soltar el pedal del acelerador, flote en la grava momentáneamente sin perder gobierno. La velocidad disminuye y un tropel de piedras y arena salpica. No responde a la provocación del Lobo. Cuando tiene oportunidad se incorpora de nuevo al asfalto y aguarda el momento preciso de atacar de nuevo.

El Acerero toma la Smith & Wesson y se acerca a la parte trasera de la Lobo. Bastará con un disparo a la llanta trasera para sacar la troca roja del camino. Asoma un poco el cañón, no quiere que le resulte fácil al piloto enemigo ver lo que trama a través del retrovisor. Alinea las velocidades, apunta lo mejor que puede cuidando el trazo en el asfalto, nunca antes disparó una pistola y se aferra a ella. Espera el golpe en la muñeca. Aprieta el gatillo y clic, clic, clic. Agita el arma en la mano y de nuevo clic, clic, clic, el tambor gira, pero no hay disparo. "Puta basura", masculla y avienta la pistola al otro lado del asiento.

El Lobo revisa con cuidado el cuerpo de su arma y no tarda mucho en darse cuenta de lo que ocurre: un anillo de una lata está, no se explica cómo, en el cerrojo de acero y no permite que cierre el barril para que se accione el percutor. El tableteo era la semiautomática mascando la lámina en el cañón. Maniobra con el volante para sacar los restos de metal contrahecho; revisa que el cargador con munición esté listo. Carga, percute y vuelve a darle espacio a Kanjo para que pase.

La Caddy no duda en tomar de nuevo la posición que se le abre. En la perilla del cambio de velocidades tiene el interruptor del óxido nitroso. El dedo de Kanjo está ante el botón, como el del Lobo está ante el gatillo. Sabe que la camioneta roja lo embestirá al pasar y desea sorprenderlo en un acelerón súbito.

Avanza y antes de que las cabinas queden alineadas, aprieta la válvula y el gas se introduce en la mezcla de gasolina, y al llegar a la cámara de combustión eleva la potencia de cada reventar de las bujías con la chispa y las erre pe eme llegan a las diez mil. El uve tec uno punto seis no aguantará mucho, pero basta con rebasar al Lobo para ganar la segunda posición y no soltar de nuevo el espacio.

De pronto, encima del tambor de guerra de gasolina, timbra la chapa de metal visitada por el plomo de la semiautomática. Un agujero en el parabrisas, otro más en la ventanilla de la derecha, en el asiento, en el cofre y uno más, en la caja, perfora la botella de óxido nitroso. Una nube blanca emana del tanque presurizado y el uve tec deja de recibir la fuerza del gas. El motor se lentifica, Kanjo apenas parpadea cuando pierde la velocidad y retorna a su lugar a la zaga del Lobo, dejando una estela abombada de humo blanco que sigue la curva perpetua de la carretera hasta perderse entre la neblina que viene y que va.

17

—El inge se puso a gritar a todo pulmón. Y ni amago de taparle el hocico de este güey. Si quedaba duda, ahí me di tinte que este bato está destrampado. Al lado hay jacalillos y esa gritería no está bien. Por eso le di el madrazo de gracia al pobre perro.

Prieto no responde. Le da la espalda y mira por la ventana los estrobos azules de las chimeneas que parpadean en la nata grisácea que cubre el horizonte. Cada uno de los cuatro cilindros de acero escupe una hebra blanca. Deja sonar, muy tenue por debajo, arreglos en chelo de la "Suite bergemasque" de Debussy. El Lobo, sentado al otro lado de la mesa, lo mira ansioso. Sin sombrero luce vulgar, con el pelo aplastado sobre la frente. El bombín está acodado en el respaldo de su silla. No sabe si el viejo escuchó o está dormido o pensando qué responder. En la mesa, frente a él, permanece una carpeta roja.

Como no añade nada, el Lobo dice finalmente:

—Después lo trepamos a la camioneta, lo llevamos a la autopista y desde allá lo soltamos. Se volcó antes de llegar a Morones.

—¿Tienes marihuana?

El Lobo sonríe.

—De la que apesta. Pero creí que acá no se podía fumar de eso.

—Aquí se puede todo. Dame un poco.

—Órale. No sabía que te gustaba entrarle a la cola del zorrillo.

El Lobo se pone a forjar sobre el escritorio. Prieto finalmente se da la vuelta, aunque no mira a su interlocutor.

—¿Por qué me cuentas esto?

—Ya sabes por qué.

El viejo carraspea. Sin traslucir una emoción clara.

—Archibaldo es como un hijo para mí.

—Mira, yo la neta no entiendo para qué querían información del que les puso el dedo, pero era cosa fácil. Este güey lo echó a perder. Y no sólo eso…

—Lo de la denuncia lo necesitamos para saber de dónde viene el madrazo. A la Profepa siempre le ha valido madre todo en esta ciudad. Además, el interés de Archie en esto es más que evitar el cierre de la fundición. Está convencido de que en la carrera algo nuevo va a nacer. Una especie de nuevo orden o algo así.

—Pues lo único que consiguió es calentar el pedo. Si ya de por sí —dice el Lobo antes de que su lengua se ocupe de relamer el cigarro.

—Sí. El problema es mayor.

—Y no sólo eso. A este güey le vale si la sangre llega al río. Hay que saber cuándo hacer desmadre. Matar empleados federales de oquis, nomás no sale. Te lo digo yo que me dedico a limpiar mugrero.

—Protegió la carrera.

—Órale. Pareciera que eso es lo único que le importa.

—Es lo más importante, sí.

El Lobo no dice nada. Se recarga en su asiento y enciende el carrujo de mota con una calada profunda.

—Entonces con más razón. ¿Ya leyó los documentos?

—No.

El Lobo se incorpora y se acerca hasta Prieto. Le extiende el cigarro hasta la comisura de la boca seca. Prieto le da un jalón a la brasa. Tose un poco. Antes de que se retire, con un gesto le pide que de nuevo le acerque el cigarro. Se relame los labios. Después de inhalar se recarga hacia atrás y suelta el aire cual llanta pinchada.

—Mis pulmones ya no aguantan estos trotes —dice y después a bocajarro—: No quieres correr con él, ¿verdad?

El Lobo no contesta de inmediato. Se entretiene con el cigarro.

—No.

—Archibaldo es un joven incomprendido. Hubo un tiempo en que creía que era una especie de genio. Un genio, al menos, en lo que hace. Ahora ya no estoy tan seguro.

—Don, ese bato nomás está trastornado. Le hubiera visto los ojos cuando se chingaba al orejón.

—Ya he visto muchas veces esos ojos —dice el viejo aún mirando al techo—, pero no me parecen los de un loco. Son más bien los ojos de quien espera algo.

Se detiene un momento. Afuera la neblina engulle los estrobos hasta reducirlos a un resplandor uniforme, blanco, como un relámpago inagotable.

—Que parezca un accidente —dice.

El Lobo no contesta. Se acomoda el bombín y ofrece más marihuana al viejo. Con un gesto la rechaza. Sigue sonando el chelo tan tenue que sólo en los momentos de mayor silencio puede escucharse. El viejo acaricia con sus manos escamosas las orillas de la carpeta sobre su escritorio.

18

Carolina se incorpora de un mal sueño. No recuerda nada. Se queda sentada un momento en la cama para calmarse. No sabe si gritó o si sólo fue el despertar súbito. La mano le tiembla. Busca en el otro lado de la cama y encuentra el cuerpo tibio de su marido. Por alguna razón piensa que el sueño tuvo que ver con él.

Se incorpora. En el camino a la cocina se detiene a ver a su hija que duerme plácidamente. Encuentra los platos de la noche anterior todavía en el fregadero. Como si necesitara comprobar cada uno de los aspectos de la realidad, la mujer camina hasta el jardín para asomarse. El césped está inmóvil y amarillento, hay algunos trebejos regados y, detrás de la barda, el cielo blanco aclarándose lentamente, semejante a una pantalla vacía. No puede acostumbrarse al hecho de que la gallina ya no esté. Sacudiéndose la sensación del sueño, sin reparar mucho en ello, le incomoda que a su hija no le moleste la ausencia de su mascota. Y si le molestó no dijo nada. Una vez preguntó y nunca más. Una parte de ella hubiera querido que se armara un desastre por esa gallina.

Después camina al porche. Algunos autos silban en la autopista. Las nubes, el humo, la neblina están bajas. La Syclone de plata, estacionada en el porche, descansa reflejando todos los matices del blanco. Piensa un momento en el sueño. Recuerda un accidente en la autopista. Una carambola enorme.

Miles de automóviles apilados unos sobre otros. Entre ellos, Marlén, su vecina muerta y madre de Archibaldo, deambulaba en un limbo de chatarra. Al final se lava la cara encima de los platos por fregar.

Sin saber por qué, también camina de regreso al dormitorio y se queda de pie junto a la cama donde duerme el Acerero. Algún grito de pájaro suena esporádico en el amanecer gris. No sabe qué pensar ni sentir. Se queda mirando a su esposo como si buscara reconocerlo o descubrir un signo que le dijera qué debía hacer a continuación: lavar los platos y preparar algo de comer o despertar a su hija e irse en silencio a cualquier otra parte.

Al verlo dormido, incapaz de recordar el resto del sueño, su vida se le antoja falsa y de pronto puede ver los hilos y entrañas lentas trabajar esforzadas para estar donde están. Todos los goznes que mantienen en su lugar a cada una de las cosas de su vida se sueltan poco a poco, y la dejan flotando. No sabe qué hacer, de pronto cae en cuenta de que aquello que la movía en el transcurrir diario no era nada que tuviera que ver con ella, sino un movimiento ajeno; como si algo la llevara, casi en volandas, a todos lados y ahora, en ese mismo momento, la hubiera abandonado ahí, en esa habitación, en ese sueño que no puede recordar.

A pesar de todo hay algo en ese cuerpo tendido, revuelto entre sábanas, que se le antoja vulnerable. Y, a pesar de todo, de su camioneta, sus silencios, su incompetencia para terminar proyectos, no puede odiarlo.

El Acerero abre los ojos y se encuentra con los de Carolina.

—Ya va a estar el desayuno —se apresura a decir, avergonzada, y vuelve de puntillas a la cocina.

El Acerero se incorpora. Le duele la pierna izquierda. Por las mañanas, hasta que se acostumbra y se calientan los músculos y articulaciones, toda la pantorrilla izquierda le molesta. Camina apoyándose en las paredes. Era mentira, el desayuno apenas empieza a prepararse.

Él la abraza por la espalda. La mujer se eriza, aunque no puede distinguir si es de sorpresa o repulsión.

—Todo va a estar bien —dice él.

Ella no le cree. Sigue fregando los platos mientras el aceite en la sartén se calienta. Él camina hasta sentarse en la mesa porque le cansa estar de pie.

—Soñé algo muy raro.

—¿Sí? ¿Qué?

—No sabría cómo explicarlo —responde y después de un silencio, añade—: Haré picadillo con puré de papas en la comida.

—Bien. ¿Qué hora es?

Carolina comprueba el reloj claveteado en la pared.

—Apenas son las siete.

Él asiente y carraspea.

—¿A qué hora regresas?

—Lo más pronto posible —dice él—. Poco antes de la hora de comer.

Ella con parsimonia toma una decisión. Apaga el fuego. Lo mira un momento y sabe que la de ayer fue la última noche que pasaría en esa casa. Lo abandonará. Se acerca a él y lo toma de la mano. No será negociación ni chantaje. Será despedida.

—Vamos. Todavía falta un rato para que se despierte la niña.

Él piensa. Aún queda tiempo para llegar a la carrera. Se levanta y la sigue cojeando hasta el dormitorio. Caminan juntos, casi abrazados, como una enfermera y su paciente. La mujer cierra la puerta después de entrar.

19

Estertores esporádicos lanza el motor uve ocho de la camioneta Ford que tripula Humberto con Ricardo Prieto. Después de una serie de gritos: "¡Más rápido! ¡Más rápido!", el chatarrero tuvo que exigir que se calmara, que esa camioneta no estaba modificada para aguantarles el paso a las otras de los pilotos.

Más sosiego, el viejo atesora en la mirada cada remanente retorcido de los accidentes provocados. Inquieto y excitado, sin poder mantenerse al margen, Prieto ve un Jetta blanco donde un ejecutivo que maneja muy tranquilo parece estar hablando por el sistema manos libres. Después de que florece una mueca entre sus labios, que algún aventurado acaso supondría que se trata de un intento de sonrisa, el anciano tira del volante que sujeta Humberto.

La camioneta chicotea e impacta al sedán por el costado y sólo ocupa un instante para acabar en la cuneta. Prieto se asoma por la ventanilla del costado y ve que el ejecutivo sale ileso, con el tiempo suficiente para mentar su madre.

Humberto, aferrado al volante, le dirige una mirada de odio al anciano.

—No van suficientes choques —dice Prieto a modo de excusa—. ¿Cuál es el punto si no hay choques? Por algo escogí que fueran camionetas, para que fuera más fácil que perdieran el control a gran velocidad.

Respira entrecortado como un hombre que recién emerge de lo hondo del agua. Recuerda la caída de la Borrega por el barranco. Las máquinas, sometidas al estrés inimaginable, vomitando chispas, líquidos, fuego. También ve ante sus ojos el horrendo espectáculo de la cabeza a punto de caerse por la ventana del Amarillo, prensado ante un gran balero de acero. El hedor del aceite y la gasolina sobre el asfalto, las miradas de los hombres empañadas por el horror y el morbo en el tráfico formado.

Humberto, fastidiado, le reclama:

—No vuelvas a hacer eso nunca, hombre. Menos si voy a más de cien. No sabes lo difícil que es controlar esta cosa. Poco faltó para que acabáramos dando vueltas de campana.

Y al no encontrar más respuesta de Prieto, que con una mueca socarrona se sigue estimulando, añade:

—Después de esto ya no te voy a deber nada.

El viejo enseña los pocos dientes que le quedan y habla con su doble lengua de serpiente:

—Sigues pagando una deuda que nunca te he cobrado.

Humberto ya no dice nada. Antes bien, mira de reojo la bolsa de color verde con amarillo que el anciano tiene ante sus pies. Por un momento juega con la idea de orillarse en un ejido y romperle la cabeza al puto viejo con una piedra.

Después voltea ver a Prieto que sigue mirando la línea del alquitrán perderse en el blanco de la niebla. Está sumergido en una especie de trance automotor, con los ojos cubiertos con los lentes polarizados.

De pronto, de entre el nudo níveo de la niebla brota una serie de tableteos intensos que dura cerca de veinte segundos. A su alrededor, algunos autos aminoran la marcha y encienden, cautos, las intermitentes amarillas.

—¡No le bajes! —advierte Prieto.

—El Lobo sigue haciendo su desmadre —contesta Humberto, despegando al fin la vista de la maleta.

—Eso no fue el Lobo. Sonó más fuerte y era más de una ráfaga —responde el viejo—. Acelera, que no nos deja ver nada esta niebla de mierda.

Humberto concede el deseo y deja caer el pie sobre el pedal y suena el claxon una y otra vez, esperando que cualquier automovilista que decida disminuir por precaución la marcha; se haga a un lado al carril de baja.

El viejo se recuesta en el asiento y se desabrocha el cinturón de seguridad. El timbre de una alarma repetida avisa que debe volver a ajustarlo. Prieto jala aire como si se ahogara, se abre la camisa porque algo le quema muy adentro. El conductor mira la cicatriz que le sube por la espalda y lo envuelve en un sudario de piel nueva.

—Lo que le hace falta a este día es un gran incendio —dice el viejo.

La neblina se levanta. Conforme van llegando al punto en el que la autopista y la libre se unen en un caracol, se clarea durante un momento el ambiente.

La Ford negra, con todo el costado derecho abollado, se abre paso entre el asfalto a bocinazos.

20

La Tortuga espera sentado en la sala de su casa a oscuras. Lo acompaña un cenicero con varios Raleigh apagados. Entre sus dedos, uno más con la brasa anaranjada. Se concentra en los sonidos. Escucha el papel del cigarro consumir el alquitrán, el abanico de techo dando vueltas, el subir y bajar de los resortes del sillón y, más allá, el zumbido esporádico de los automóviles en la autopista.

A su lado está el Bushmaster a ce erre cargado y listo para que a la primera señal pueda quitar el seguro y disparar a discreción. Escucha una camioneta estacionándose en el porche. Reconoce el motor, pero no puede evitar levantarse empuñando el arma hasta la ventana: es la camioneta Chevy cinco cinco, color negro mate. Nadie sale del vehículo.

La Tortuga quita el seguro del arma. Apenas respira. Intenta escuchar todo lo que pasa afuera: el parpadeo de una luminaria amarilla, una corriente de carcajadas de una reunión nocturna, un maullido ahogado en la noche y el aire mecánico que silba.

La Muerta baja de la camioneta. Nadie la sigue. Apaga el cigarro, coloca el seguro al Bushmaster y se apresura a guardarlo debajo del sillón. Después abre la puerta.

—¿Por qué está oscuro?

—¿Te siguieron?

—Easy. Prende la luz.

—¿Te siguieron o no?

—¡No! Tranquilo.

La Tortuga cierra la puerta y la persiana del porche. Enciende la luz. Después otro Raleigh. La Muerta deja la carpeta roja en la mesa de la cocina. Y al ver que ni eso lo tranquiliza, pone su mano sobre la suya.

—Está bien.

—Estaba preocupado.

—I know.

—Pudieron darse cuenta.

—But they didn't. Ahí está —señala la carpeta.

Tortuga la toma pensando en abrirla, pero la idea de encontrarse con su hijo tumbado, desnudo sobre la Dodge, lo paraliza.

El hombre al fin parece relajarse. Suelta un suspiro y pone a hervir agua para preparar café.

—No se escucha nada en el yard. ¿Dónde están las gallinas?

—Las regalé.

—All of them?

—Ya no aguantaba el olor ni el ruido.

La Tortuga toma la carpeta.

—¿La viste?

—No.

Él asiente y la guarda en un cajón, debajo de una caja con cubiertos.

—Con esto ya no tendrás que correr.

La Muerta no responde. Mira al hombre entre divertida y extrañada.

—How much?

—Mañana le marcaré a Prieto para decirle que la tenemos. Después de que nos hayamos ido a un lugar seguro.

—How much? —vuelve a preguntar.

—Mucho. Lo suficiente para irnos de aquí y montar algo bueno.

—Now I want to see it.

—Mejor mañana.

Ella vuelve a poner su mano sobre la de él y Tortuga parece despertar y mirarla. La Muerta reconoce la señal y se aproxima a él para besarlo. El beso ocurre torpe, con cierto pudor, con la mitad en los labios, la mitad en la mejilla. Ella piensa que es una locura que ese hombre ya haya planeado las vidas de ambos sólo porque tendrá dinero. Se desabrocha algunos botones de la camisa y guía la mano del hombre hasta sus senos.

Tortuga piensa en Marlén, su esposa muerta, y que a las putas nunca las besa. También su imaginación vagabundea hacia el Acerero, aunque no piensa nada en particular.

—No vas a correr, ¿verdad? —pregunta.

—No corro si no estoy segura de que gano.

Él va formular otra pregunta, pero ella lo vuelve a besar, esta vez hondo y largo.

21

La luz estrellada se refleja en el charco que se extiende sobre el asfalto. Desde donde está, Archibaldo no distingue si es aceite, gasolina, anticongelante o sangre. Quizás una mezcla de todo.

El automóvil casi se parte por la mitad cuando, en subviraje, impactó contra una luminaria en la curva debajo de un paso a desnivel. Las calles están cerradas por unas patrullas; las avenidas vacías coloreadas de amarillo lucen sus trazos transparentes.

A varios metros, Archibaldo sostiene una cámara réflex con un telefoto. Puede sacar primeros planos de los hierros retorcidos, los miembros mutilados que asoman entre la lámina arrugada, los rostros de los hombres que intervienen en la labor de limpieza y peritaje. Toma también algunas fotos de la mujer que llora desconsoladamente en la orilla de la banqueta. Le gusta la luz. Las fotos ofrecen diferentes tonos: amarillo de las luminarias, pero también sombras azules y rojas de faros policiales que deforman las siluetas.

Mirando a través del visor de la cámara, distraído en encuadres y cuidando que la exposición sea lo más luminosa posible, no se percata de que alguien se acerca y se detiene junto a él. El recién llegado no dice nada. Aguarda a que Archibaldo se dé cuenta de que está ahí. Saca un cigarro electrónico, el vapor resplandece en la noche.

Archibaldo quita su ojo de la cámara y mira al hombre; no le muestra interés. El fumador también contempla el accidente.

—Perdone —dice el hombre al final—, sin que parezca que me meto en lo que no me importa. ¿Podría preguntarle qué hace?

Archibaldo sigue recorriendo la escena con el telefoto. Le llaman mucho la atención los rostros de los policías: secos, sin expresión ante el cuerpo desmembrado, esparcido en la avenida. No responde a la pregunta y el hombre tampoco insiste.

—Todavía huele a llanta quemada. Iría a unos ciento ochenta.

—Si hubiera ido a ciento ochenta sí se habría partido en dos. Ciento veinte a lo mucho.

—¡Mira! Por lo visto sabe de lo que habla, ¿cómo ve lo que le digo?

—No lo veo de ningún modo.

El hombre con el cigarro en vilo se le queda mirando perplejo.

—Es una expresión.

Archibaldo sigue en lo suyo. El otro se cubre con un pañuelo rojo la nariz y la boca, para evitar respirar vapores químicos que despiden las entrañas del automóvil.

—Soy asegurador. No tengo nada que hacer acá, pero lo escuché por la radio y andaba cerca.

Archibaldo lo mira. Después busca en la calle el vehículo de los seguros. No hay nada salvo un Valiant color rojo estacionado sobre la banqueta.

—Es una compañía pequeña, como si dijéramos —justifica el hombre.

Su interlocutor no devuelve ningún gesto. Vuelve a la cámara, aunque ya no toma imágenes. Se limita a mirar a través del telefoto. Poco a poco, con prensas hidráulicas, abren la telaraña de acero y de plástico y extraen los trozos de carne. Se oye más fuerte el llanto y el crepitar de líquidos. A los rostros inmóviles de los policías los perla un sudor fosforescente. Suena la alarma de una grúa en reversa para enganchar el amasijo de metal.

—¿Trabajas también para las aseguradoras?

De nuevo Archibaldo no responde. Las cadenas de la grúa se tensan al dar dos estirones. El cúmulo de metal se mueve junto con la luminaria que abraza. El poste y el automóvil están fundidos en una sola amalgama que se arrastra entre chispas y chirridos.

Los lamentos de la mujer suenan claros en las avenidas vacías. El amasijo poco a poco es remolcado a la plataforma hidráulica de la grúa. Detienen la maniobra al darse cuenta de que la luminaria no permitirá que se remolque.

Archibaldo baja la cámara, le pone tapa al lente y se la cuelga en el hombro.

—Viene el peor momento —dice el hombre—, ¿no se queda?

Urdiales escucha con atención. Se acomoda la cámara. Es la primera cosa que dice que le interesa.

—También me tocó estar allá. En muchos accidentes. Y el peor momento es cuando se llevan todo, casi tanto como el propio choque, ¿cómo ve lo que le digo? Nunca pude descubrir qué es exactamente, pero hay algo horrible en esa limpieza...

Archibaldo piensa en lo que dice el asegurador; aunque no lo entiende por completo en palabras, sí puede recordar un vacío en el estómago al volver todo a la normalidad: recogen, echan aserrín y se van. Y cómo se experimenta el horror al vacío, a la falta de noticias, a la llana recuperación de la geometría asfáltica. Pondrán una cruz en esa curva junto a la luminaria. Si no, en cosa de días se borrará la huella de esto.

Archibaldo quiere decir algo, pero no atina a ninguna palabra. Su forma de responder es no moverse. Sus brazos largos y fuertes se quedan colgados como si aquello que los movía se ausentara un momento de él. El asegurador da una calada al cigarro electrónico.

—¿Y a qué te dedicas?

—Trabajo en una fundidora.

—Ah, vaya. Para allá van, como si dijéramos, estos choques, ¿no?

—Al final terminan ahí. Pero antes van a otros lados.

—Ya. ¿Y las fotos?

Unos bomberos cortan la luminaria con un esmeril. Las chispas caen sobre el hormigón y se desvanecen. Archibaldo de nuevo se acomoda la correa de la cámara en el hombro.

—Me gustan los gallos —dice finalmente, sus ojos al hablar parecen mirar otra cosa detrás o dentro, su interlocutor es transparente—. Me gustan porque uno puede mejorarlos poco a poco. No hay nada de los gallos que me interese más que eso: que pueden mejorarse. Ni las peleas, ni los huevos. Sólo los crío y los vendo. Espero lo mismo de eso.

Señala los remanentes del accidente automovilístico. El operario asegura el amasijo con cadenas ya sobre la grúa.

—¿En los choques?

—Sí. En los choques nacerá algo.

Archibaldo no sabe cómo explicarlo y le da cierto pudor hacerlo, pero espera que del interior de un accidente automovilístico se abra una vagina metálica para dar a luz a un mesías automotor. Un líder que dé sentido a la eterna rotación de las almas en la ciudad.

El asegurador se limita a dar otra chupada al cigarro electrónico. Los vehículos oficiales inician la partida. La mujer sube a una camioneta y sigue la ambulancia. Otros operarios vacían aserrín y arena sobre las manchas en el asfalto.

—Es que esta ciudad cada vez está peor. Y viene el asalto al centro, como si dijéramos. Viene algo que arrasará Monterrey. Acelerará la decadencia. Nos expulsarán a la periferia. Ojalá que lo que sea que estás esperando nazca pronto —dice y escupe una columna de vapor al cielo—. ¿Me dejas ver las fotos?

Archibaldo no responde. Observa con atención la apertura de la calle a la circulación. Los coches transitan con recelo y prisa. Algunos avanzan pisando el suelo sagrado de un ritual de sangre. Otros curiosean a través de las ventanas, viendo los trozos de plástico y vidrio que no recogieron en la prisa de marcharse. Otros circulan como siluetas anónimas.

En lugar de responder la pregunta:

—Hace mucho soñé que había un accidente enorme en la autopista a Saltillo. No una carambola, sino un choque masivo. Cientos, miles de carros fundidos en una colisión tan grande que se convertía en un lugar para vivir. Era una especie de amasijo omnipresente con un horizonte de incendios y fierro, un testudo de pérdidas totales, abandonados los unos sobre los otros hasta formar un mundo en sí mismo. Pero eso no es todo, había un corredor solitario. Un hombre en un automóvil plateado que era quien debía mostrar el camino a la gente varada ahí.

—Como si dijéramos, ¿un salvador?

—Algo así. También estaba ahí mi madre. Se llamaba Marlén.

Archibaldo sólo está seguro de la urgencia. No sabe las modalidades ni características del nuevo orden. Sólo que es un sabotaje a la línea de producción y, como tal, los efectos son impredecibles. Eso sí: nadie puede cambiar la forma de las cosas que vienen.

—Quizá ya está aquí —dice el asegurador distraídamente.

Archibaldo lo mira.

—No. Necesita un gran choque. No éste. Pero quizá uno muy pronto.

Piensa que quizás el accidente que espera sea el suyo propio. Nunca antes tuvo tal premura por una carrera. Presiente que ahí encontrará su destino.

Ambos se quedan en silencio un rato, iluminados con la intermitencia de los faros tomando la curva. A su alrededor las sombras se mueven en planos geométricos con un paneo negro e hipnótico.

El asegurador habla:

—Alguna vez me tocó en la autopista una carambola, ¿cómo ve lo que le digo? Diecinueve carros. Un banco de neblina, claro. Hubo tres muertos, un tráiler se…

Lo interrumpe un motor encendiéndose. En algún punto Archibaldo se había escurrido hasta su Dodge verde con una tortuga dibujada en la caja. El asegurador ve alejarse la camioneta en la oscuridad. Después vuelve a dar otra calada al cigarro y lanza el vapor al cielo cetrino donde se recortan las siluetas punteadas de edificios en construcción.

22

Una mosca golpea el cristal. El Acerero apenas se distrae en observarla y la espanta de un manotazo para que salga. De nuevo hay filas de autos apiñados. A los choferes se les nota en la mirada los nervios, después de haber escuchado los tableteos de armas automáticas repicar entre la niebla que brevemente se levanta.

Unos automóviles detrás de la camioneta Lobo, el corredor, se pregunta cómo podría rebasarlo sin atraer sobre sí una lluvia de balas. Piensa en el desarmador que le cambió la pistola por la gallina. Lo maldice. Luego recuerda que Carolina hará picadillo con puré de papas. No lo piensa nunca con ideas claras porque corre el riesgo de tenerle miedo a la muerte. Se dice, entre golpes de impaciencia en el volante, que todo esto es por ella. Por intentar darle algo a su familia. Después, sin quererlo, ve el doblez del parasol y recrea, proyectados en su mente, los dos ojos que lo miran como los faros de un coche contra el que está a punto de estrellarse. "Esto es un muerto", piensa y le viene un espanto que le hace sacudirse las palabras cual si fueran moscas.

Limpia el sudor de su frente borrando las distracciones. Si consigue rebasar al Lobo; alcanzar a la Muerta no será imposible. Duelo de uves ocho de Chevrolet. Sabe que en las curvas de lo que queda en la carretera antes de Ramos Arizpe, tendrá ventaja al ser la Syclone más liviana y manejable.

El caracol de incorporación de la autopista a la libre luce repleto de automóviles apelmazados en el asfalto. El Acerero decide cambiarse de carril para quedar justo a tres automóviles detrás del Lobo. Cuando consigue hacer el cambio se le ocurre revisar el barco de admisión del motor y ver cómo la gota se mezcla en el empaque del carburador. Se echa la pistola al cinto y recoge de atrás del asiento un puño de estopa, avanza un poco y enciende las intermitentes, pone el freno de mano, tira del interruptor para abrir el cofre y sale del vehículo. Revisa atentamente los pliegues de acero y magnesio de la base del carburador y se da cuenta de que tiene ya una importante cantidad de gasolina en varios huecos. El olor delata. Mete estopa para secar el hierro. La exprime, pero sólo elimina una fracción del líquido. Atrás de la camioneta hacen sonar un claxon. Primero uno tímido, después se unen otros más. Deja la estopa alrededor de la base para evitar, aunque sea un poco, que la gasolina se escurra a lo largo del motor y toque el múltiple de escape.

Cierra el cofre y cuando lo rodea ve al hombre que suena la bocina. Se retan el uno al otro con la mirada hasta que distingue la Smith & Wesson en su cinto, entonces baja la vista y enciende también las intermitentes. El Acerero sube a la camioneta y recupera el espacio vacío que hay delante de él. Al pasar la incorporación de la autopista el flujo es constante. Después relumbran torretas azul y rojas girando en el carril de baja. No hay señalización ni conos ni ningún aditamento en el tráfico, sólo la granadera que tiene la mitad en el arcén y la otra mitad en el carril. Los vehículos se empalman unos sobre otros para pasar antes. Se escuchan las aspas traqueteando de un helicóptero que vuela bajo. Al Acerero le cruza la cabeza la idea de que los estén buscando. En medio de los carriles un par de lo que él supone son policías hacen la constante seña a los automóviles de que no se detengan. Ambos tienen armas largas colgadas sobre el pecho cuyos cañones llegan hasta la rodilla. Muchos, delante de él, se detienen un momento o adelantan muy despacio para ver lo que oculta en el monte la granadera. Los hombres armados insisten en que avancen: a una familia delante del corredor que observa asombrada, el oficial le apunta hacia el frente con el índice y le dice: "Circule". Los niños en la parte trasera no despegan su rostro de la ventana derecha.

El Acerero pasa. Recargada sobre el terraplén está la camioneta Chevy cincuenta y cinco, empinada hacia arriba, con la trompa deshecha, detenida ante un muro de concreto. Omnipresencia de los agujeros de bala: los neumáticos reventados, sin parabrisas y la lámina negra está perforada en varias zonas. La puerta está abierta y alguien le ha puesto a la mujer una cortina o manta encima que el viento, cuando se levanta, hace bailar.

El Acerero ve a la Muerta recargada en el volante con su cabello negro ondeando un poco. También ve algunos policías señalando a la camioneta y dando razones que no se alcanzan a escuchar.

En la cabina de la Ford roja el Lobo sonríe, levanta la mano y hace un ademán de cajero de supermercado. "Chi-chin", dice antes de arrancar y levantar la velocidad de crucero. Un muerto más, crece el premio.

El Acerero sólo piensa que ahora está en segundo lugar. Eso es lo que importa al hundir el acelerador de la camioneta y escabullirse entre el tráfico disperso.

23

Kanjo cierra los ojos, pero el mareo de inmediato se los abre en un espasmo. Sentado en el sillón, juzga que hay demasiado blanco a su alrededor como para mantenerse en sus cinco sentidos: una cortina cerrada, un techo falso de hielo seco y justo sobre su cabeza una mampara de halógeno azulado que elimina toda sombra.

Aturdido, siente la tentación de incorporarse. Renuncia porque el enfermero podría abrir la cortina y romper la intimidad en donde tiene el lujo de estar hecho pedazos. Su mano tiembla un poco. Le desespera que todo esté inmóvil. No escucha nada más que su propia respiración acuosa, ni siquiera el tic-tac de un reloj o el goteo de la quimioterapia en el catéter que baja hasta su brazo.

Respirar le duele más afuera, donde la nata negra y el hollín del crepitar de fábricas y fundiciones le irritan las mucosas. Sin embargo, quiere salir a ver el mundo moverse. Ese trajín infinito de calles repletas que circulan en una línea de producción lo calma. Incluso puede hasta envidiarlos, porque parecen saber a dónde van.

Con una mano estira la cubierta. Sus pulmones silban jalando aire. Del otro lado hay otra cortina blanca. Tose. Toma la bolsa de papel que el enfermero le dio y vomita en ella. Busca con la mirada a alguien, pero no ve nada. Sólo las cortinas cerradas en donde hombres se pudren lentamente como él: como trozos de fruta o de carne. Escucha un carraspeo lejano, después un escupitajo.

La cortina del otro lado también se descorre lentamente. Aparece un hombre mayor: delgado, casi calvo, con los mechones ralos desvaídos en la cabeza, enfundado en una camisola blanca y la mirada de gancho que busca de dónde sostenerse.

A diferencia de él, el hombre tiene una máscara de oxígeno.

Se miran un rato sin decir nada. De pronto suena una notificación de celular. Kanjo saca, debajo de la camisola, el aparato y revisa el contenido. Es un correo electrónico de la armadora. Por su estado de salud se solicita que regrese a Seúl en donde el seguro médico lo atenderá mejor. Se le notifica la fecha de su vuelo.

No sabe por qué, pero se pone a llorar. Es una mezcla de desesperanza y prisa. No hay lugar a dónde volver. Primero sólo son lágrimas y un lamento en un hilo, después con fuerza acompañado de gimoteos que suenan a través de todas las cortinas blancas.

Un enfermero cruza en silencio el pasillo, creyendo que es una llamada de auxilio y al ver al hombre asiático llorando se queda consternado. Le quita el celular de las manos y lo obliga a recargarse de nuevo en el sillón. Piensa en cerrar la cortina, pero imagina que no sería piadoso. Revisa los signos vitales y al encontrar todo en orden, toma la bolsa con el vómito y se marcha sin cruzar palabra.

El hombre, a su lado, desde su pudridero privado, intenta darle una palmada en el hombro, pero los sillones están lejos. Cierra los ojos.

—No te apures. Ya mero nos vamos —dice el hombre.

Sus palabras suenan amortiguadas por la máscara de oxígeno. Kanjo no entiende bien lo que dice, pero intenta controlarse. Se limpia las lágrimas y ve que el hombre en la muñeca tiene una pulsera de un hotel o un crucero. Él mismo se acaricia su muñeca vacía. Se avergüenza de inmediato. El pudor de saber que un moribundo lo consuela le hace sentir que tiene que comentar algo, pero no atina a ninguna palabra en español. Cuando quiere decir "gracias", se da cuenta de que el hombre a su lado ya está dormido con el temple sereno y la cabeza ligeramente volteando hacia arriba.

24

Como un acto reflejo antes de despertar, la Tortuga extiende el brazo. Palpa la cama tres veces y después abre los ojos de golpe. El tiempo se le desquebraja entre la vigilia y el sueño inquieto. Mientras observa la luz grisácea y difusa que nada le dice del horario, cree que Marlén está viva. La recuerda cual premonición de carcajada que sobrevendrá en la cocina o el sonar de la aspiradora en la sala.

Marlén. Su esposa, la madre de Archibaldo, viva, como si ahora que su casa la usurpa otra mujer, la recorriera un fantasma con el rostro demudado y escarlata que le susurra por las noches.

No oye nada. El lecho vacío le refresca la memoria. Recuerda quién habitó su cama la noche anterior. La Muerta no está. Recorre la habitación con la mirada y después aguarda esperando escucharla en el baño. Sin las gallinas la casa está extrañamente silenciosa. De la bruma gris de la ventana suenan esporádicos chillidos de pájaros.

Cuando se incorpora va directo a la ventana: la Chevy no está.

Quiere llamarla. Ve la hora. Está a punto de empezar la carrera. Agarra el cenicero de la mesa y lo lanza contra la pared. Intenta serenarse. No quiere decir cosas malas sobre ella, pero se le escapa un "pinche puta" entre dientes. Imagina los lugares a los que debe irse.

El agua que dejó ayer en la estufa aún está ahí. Enciende el fuego.

Mientras el agua se calienta recorre el salón con la mirada. Las fotografías alineadas en la pared lo incomodan. Como si de pronto perdieran significado y no reconociera los rostros de esos hombres y, mucho menos, comprendiera por qué están ahí.

Después, por la puerta que da al patio, observa las jaulas abiertas y recuerda cómo, una a una, fue torciendo los pescuezos de gallinas y gallos mientras agitaban las alas. Va a encender un cigarro y se da cuenta, ante la llama amarilla del encendedor, que le tiembla la mano.

La podría dejar atrás. Seguir con el plan tal como lo pensó y largarse sin ella. Negociar directo con Prieto. Las fotos en las que aparece vestido de mujer atropellada, bien lo valen.

El agua rompe a hervir.

Saca un frasco de café instantáneo. Al abrir el cajón de los cubiertos distingue la esquina de la carpeta. Primero mira la tapa con un reflejo de pudor, luego decide sacarla. La abre.

Adentro descubre unas hojas con documentación de una denuncia de la Profepa, algunas fotografías de la Fundición Cóndor lanzando espesas columnas de humo blanco al aire, informes medioambientales, tablas de generadores de residuos y otras notificaciones cuyo significado no entiende.

Cierra la carpeta de un golpe. El agua sigue hirviendo, la tetera silba.

Después de ponerse cualquier ropa y tomar la Glock, levanta el sillón, recoge el rifle y se encamina a trote a la camioneta Dodge verde.

25

La carretera se ondula a lo largo de la meseta y se le antoja al Acerero una curva sin final. Al apretar el acelerador a fondo recorta la distancia entre él y el Lobo. Espera que no se atreva a disparar tan cerca del retén de seguridad y un helicóptero rondando. Suenan más sirenas, pero quedan atrás en cuestión de segundos.

Lleva el motor al límite, cuidando que en las eses del camino el subviraje no lo lance contra el arcén. El poco tráfico, despejado y retenido por el incidente previo, permite que elija los ápices correctos, siguiendo el trazado ideal que siempre busca explotar la parte interna de las curvas.

El Lobo se cambia al carril derecho abriendo la puerta en el de alta velocidad, pero el Acerero sabe que lo hace para tener un tiro más preciso. Además, el cuatro cinco cuatro con las subidas y bajadas de temperatura, al detenerse y acelerar en la carretera, no ofrece todo el rendimiento que debiera. Se coloca a ciento treinta kilómetros por hora justo detrás de la caja de la Ford.

De pronto le parece escuchar las aspas del helicóptero, pero no está seguro. Se asoma hacia arriba a través del parabrisas, pero el ángulo no lo deja ver gran cosa. Saca la pistola del cinto y aprieta el gatillo de nuevo apuntando directo a las llantas de la Lobo, esperando que sea la munición la que esté muerta y, al reposarla, encuentre una que sí funcione.

Pura percusión inútil, clic, clic, clic. El Lobo mira a través del retrovisor y saca la semiautomática por la ventana y riega un puñado de tiros de los cuales sólo uno perfora la parrilla frontal de la troca Chevrolet.

El Acerero recula, siente en lo más hondo la chapa metálica que se cimbra con el disparo. Sólo desea que no haya tocado el sistema de lubricación o el cárter. Si pudiera ver el hilo oscuro que va dejando atrás la camioneta, sabría que la bala perforó el radiador y el refrigerante amarillo se vacía lentamente de las líneas de enfriamiento.

Cuando el tráfico da cuenta de los disparos, hormiguea nervioso en los carriles. Unos se detienen en seco, otros disminuyen o se orillan en el arcén para que las camionetas se abran paso. Un Tsuru tripulado por una mujer sola se espanta y no sabe bien qué hacer. Como en el retrovisor ve las camionetas que intentan rebasarla, su instinto le pide que acelere. Delante de ella, una pipa con combustible no se da por aludida. La mujer intenta pasarla, pero en un momento de duda se queda en medio de los dos carriles. Al darle alcance, el Lobo espera a que se quite, pero la mujer, imaginando de nuevo tiros o un intento de secuestro, no acierta a tomar una decisión deprisa. El Lobo le da un empujón y roza la cajuela a cientos de kilómetros por hora; el Tsuru da dos vueltas intentando no perder el control, pero acaba empotrándose en el costado del tanque de la pipa.

El metal perforado vierte un chorro de gasolina sobre el auto y el asfalto negro, y tarda menos de dos segundos antes de encenderse con una chispa de la lámina en fricción. La mujer bañada en el líquido verdoso se convierte en una bola de grasa caliente que ilumina el interior del vehículo. La flama se propaga del auto al hormigón, donde el Acerero apenas alcanza a virar para sacar la vuelta a los despojos de plástico, metal y lumbre que va dejando el accidente. Las llantas se encienden levemente con una flama azulada por el combustible, templando el metal con su calor.

El Tsuru finalmente sale de la carretera y al topar en el bordo del arcén se clava en una vuelta de campana que arroja llamas, aceite, cristal y tierra a su alrededor, hasta caer reducido a un cascarón desintegrado, mientras su ocupante se chamusca en un fuego añil.

El Acerero se aplica a fondo. Quedan escasos kilómetros para el final de la carrera. Además, la pipa en llamas podría explotar en cualquier momento. El chofer baja la velocidad al ver el hilo de fuego que lo sigue muy de cerca. Pronto el corredor sólo ve un punto naranja en el espejo que después se hace más grande y suena una explosión que repica aguda como un golpe de mazo en un yunque gigante.

Restan ya minutos para ver a lo lejos las chimeneas de la fundición de Ramos Arizpe. De nuevo el Lobo se coloca en el carril de baja: es para los tiros, sí, pero también porque pronto dará una vuelta a la derecha y quiere proteger la posición y entrar por el ápice interno.

Al Acerero se le acaban las opciones: delante de él, un tráiler con logotipos de cereales para niños reduce la velocidad. Tiene que frenar y constata el milagro en forma de luz direccional: el tráiler dará una vuelta ancha a la derecha invadiendo el carril. Al girar la cabina, el Lobo tiene que amarrarse al suelo. Las gomas chirrían, los frenos a be ese impiden el derrape y giran con un zumbido sordo. El Lobo grita y saca la Uzi por la ventana, aunque domestica su dedo en el gatillo.

El Acerero se abre a la izquierda, besando el arcén y rodea por el carril de afuera el tráiler para girar a la derecha. Cuando se alinea en la salida de la curva, ve demasiado tarde a una joven que espera en medio de la avenida para cruzar la calle.

En el golpe instantáneo consigue ver sus ojos un momento clavándose en los suyos a la par que el cristal se abre en una telaraña de plata y, como en una pesadilla, vuelve todo: el rostro de Marlén frente a él, abierto como un clavel reventado. "Esto es un muerto", piensa otra vez sin lenguaje, una sangrienta certeza que abolla el cofre, revienta el parabrisas y derrama una espesa mancha escarlata en el parasol.

Cambia de velocidad y acelera todo lo que puede. Ve el cuerpo despatarrado sobre el asfalto, sus piernas quedan al descubierto, enseñando los calzones. Él se niega a sentir lástima o piedad; más bien experimenta la fusión completa con la máquina que lo lleva. Dentro suyo crece la certeza de que va a ganar la carrera. Las llantas chirrían, el motor ruge y lanza llamaradas amarillas por el escape. Y ya no ve al Lobo, ya no ve nada: sólo esos ojos de pesadilla perpetua de nuevo materializada en su parabrisas. Su corazón también bombea a siete mil erre pe eme. No ve a los lados, no revisa los espejos, ve la meta final al fondo como un paisaje viñeteado en las orillas. Las chimeneas en la niebla se recortan ante él. Avanza al frente, siempre al frente, demoliendo, acabando con todo lo que halla en su camino, con el corazón que lentamente deja de bombear y los sonidos se van amortiguando hasta dejarlo sólo en una velocidad pura, sin fricción, rodamiento cero, vacío. En la confusión ve las piernas de la joven, abiertas y rotas en la calle. Ve la meta, ve todo por lo que ha luchado y al cruzarla estará solo, primero, puro.

El Acerero entra al estacionamiento de la Fundición Cóndor, haciendo saltar por los aires la pluma de la caseta vacía de seguridad, y gana la carrera.

26

La camioneta de la Muerta se detiene en el arcén del libramiento, justo delante de un Valiant rojo con el cofre levantado.

—Buenas tardes —dice el hombre que sale del automóvil con un cigarro electrónico entre los labios.

La Muerta no contesta, asiente con la cabeza para dar por enterado de que escuchó el saludo. Mira el motor un momento, buscando alguna falla que sea evidente. Antes de formular una pregunta, el hombre ya contesta:

—No enciende. Daba marcha, pero no agarraba. Creo que ya me eché la pila, ¿cómo ve lo que le digo?

La Muerta sin contestar va a la caja de la camioneta y saca un aparato para cargar la batería. Conecta las terminales y lo enciende. Cuando el automóvil recibe corriente suena la radio. Están dando las noticias: "… anunció la línea de investigación que la Procuraduría está siguiendo sobre el caso de los ingenieros de la Profepa. El pasado lunes veintinueve, el ingeniero Luis Roberto Cardona Flores murió en un aparatoso accidente automovilístico. Sin embargo, su compañera, la licenciada Andrea Paola Longoria Saldaña, aún no ha sido localizada…".

—Marcha —dice ella haciendo girar una llave invisible en el aire.

El hombre sube al carro y hace lo que le piden. Nota un acento foráneo. Apaga la radio. Ahora la marcha funciona, pero el automóvil no enciende. Le hace una señal para que pare. El hombre desciende de nuevo del carro. Al lado zumban vehículos al pasar. Se asoma para ver lo que está haciendo. La Muerta lo vigila de reojo.

El motor seis en línea, máquina inclinada, está cubierto de óxido y polvo. La mujer desatornilla la cubierta del filtro del aire. El hombre observa en silencio mientras escupe vapor de nicotina y se cubre un oído al pasar un tráiler con la carrocería vibrando. La Muerta, ya con la cubierta fuera, inspecciona el filtro. Al sacudirlo salen nubes de polvo, lo golpea un par de veces contra su mano.

—Marcha —dice de nuevo.

El hombre vuelve al carro y al girar la llave, después de toser un poco, el auto enciende.

De nuevo le pide que corte. Apaga el motor.

—Pues estuvo rápido.

La mujer toma una manguera que va hacia un compresor de aire en la caja de la camioneta. Sopla al filtro que escupe tierra. A un lado de la carretera, las estructuras desnudas de tubos, chimeneas y plataformas con estrobos colorean el cielo con sus hedores respectivos.

—¡Qué vergüenza! —dice el hombre—. Hace rato que no lo llevo a afinar.

Espera una respuesta, pero al no haberla añade:

—No hay con qué, ¿cómo ve lo que le digo? Llevamos ya un resto de años flojos. Y ahora que decidí ir a hacer unos negocios en Saltillo, tanta ida y vuelta, pues…

De pronto piensa que la mujer no escucha por el sonido del aire al silbar contra el filtro. Calla hasta que la Muerta termina y coloca de nuevo la cubierta sobre el carburador.

—Marcha.

El hombre le da marcha y lo enciende sin problemas. De nuevo, ella le pide que lo apague.

—Parece que ya quedó.

La Muerta apunta al aparato que carga la batería. Luego camina hasta la camioneta para sacar un legajo con unos formularios.

—¡Ah, ya! Hay que esperar a que la batería se cargue.

Se lleva el cigarro electrónico a la boca.

—Seguro, por favor.

El hombre saca de la guantera unos papeles y se los entrega. La Muerta llena unos datos sobre el guardafangos del Valiant.

—Usted no es de por acá, ¿verdad?

La mujer no voltea a verlo. No dice ni sí ni no.

—Se me hace que usted es gabacha. Se le oye en la voz y en las maneras, como si dijéramos.

La Muerta no se da por aludida. Sigue llenando datos en la hoja.

—Pues sí —dice el hombre para esquivar el silencio incómodo—, hace ya rato que no le hacía la afinación.

Saca la bayoneta del motor y se ve al fondo apenas una marca negra de aceite requemado. La vuelve a poner en su sitio.

—La mala racha está larga. Tenía una fábrica de químicos y detergentes, pero no me iba muy bien que digamos. Sacaba el chivo, eso sí. ¿Cómo ve lo que le digo? Tuvimos unos años de pura gloria. Trabajamos para una fundidora. Querían comprarnos producto para lavar el fierro. Tenían que eliminar la grasa de los motores, porque cuando la quemaban el humo se podía ver a kilómetros. No se hallaban con los procesos y nos aventaron la chamba.

Da una calada al cigarro. La Muerta aprovecha el silencio para pasarle el formulario e indicarle con el bolígrafo:

—Firma.

El hombre estampa un garabato y regresa los papeles.

—Hicimos dinero para atrancar un tren. Hasta que llegó la Profepa y nos hizo garras. Pedacitos. Que teníamos que hacer no sé qué tantos trámites para poder seguir trabajando. Multa y suspensión.

La Muerta revisa los formularios y al comprobar que están en orden, confirma que el aparato siga cargando la batería. Después le entrega una copia de los papeles al empresario.

—Pinche Estado ojete. Uno ya no espera nada de ellos, nomás que no vengan a engruesarla, ¿no? Pero parece que eso también es mucho pedir. Uno que quiere hacer un modo de vida honesto...

De nuevo un tráiler pasa lanzando piedras pellizcadas por el hule de las llantas. Algunas repiquetean contra la chapa del Valiant.

—Esta ciudad ya no es lo que era.

Se adivina la tentación de preguntar de dónde es, pero ni siquiera está seguro de que entiende lo que está diciendo.

—Yo estoy acá por de mientras —dice la mujer.

El empresario sonríe.

—Eso mismo pensé yo al llegar de San Luis hace cuarenta y siete años, ¿cómo ve lo que le digo? Aquí estoy por mientras. La tirada era irse después al otro cachete.

—Sorry.

—Digo que a los Unaited.

La Muerta asiente.

—Y eso que cuando llegué la ciudad no estaba tan fea. Ni tan loca. Ya nomás nos falta tomar por asalto el cielo. Solamente queda eso en esta ciudad —mira hacia ambos lados de la carretera donde, aparte de unas fábricas, hay lotes baldíos, maquinaria abandonada, edificios en obra negra y la mancha blanquecina del cielo emborronado—. Bueno, tampoco queda tanto.

La Muerta revisa de nuevo el aparato. Recibe un mensaje en su celular. Espera que sea más trabajo, pero es el tipo que conoció en el taller, el de la camioneta verde. Insiste de nuevo en invitarla a cenar o al cine.

—No se quede quieta.

La Muerta, con un gesto, indica que no escuchó.

—Digo que no se quede quieta mucho tiempo. Aproveche cada oportunidad para irse. No le vaya a pasar como a mí. Porque si se descuida, ahí va a quedarse pegada al suelo como biznaga. Y a un suelo ojete, culero y malagradecido. Váyase de aquí a la primera oportunidad.

La Muerta lo escucha. Guarda el teléfono. Le molesta la perorata del hombre, pero algo adentro le cala. Siente una especie de vergüenza por seguir ahí.

—Así dicen, allá ¿no? Ser una *rolling stone*, como si dijéramos.

El empresario se queda mirando el tráfico y los lotes junto al libramiento. La mujer está ansiosa por largarse.

—¿Sabe por qué estos lotes están abandonados? La gente cree que fue por la violencia. Pero no. Fue antes. Un tipo estafó a un montón de compradores vendiendo terrenos ajenos y desapareció, ¿cómo ve lo que le digo? Esta ciudad está llena de pillos y ladrones.

—Marcha.

—Pinche ciudad llena de ganapanes.

El hombre sube al automóvil y lo enciende, saludable y sin problemas, al primer intento. La Muerta desconecta el aparato y cierra el cofre.

—Prendido veinte minutos —dice la mujer y no voltea atrás.

El empresario apenas piensa en ofrecerle una propina, pero la Chevy negra ya arranca rasguñando la grava suelta.

Mira cómo la camioneta se aleja en la inclinación del asfalto. El sol de la tarde, roto en la bruma, ofrece destellos rojos. El hombre da una última calada al cigarro y enciende el radio, esperando escuchar las noticias, pero en su lugar suena una polca norteña.

27

El horno retumba con los golpes de los trozos de fierro que rebotan en la compuerta de cerámica. Resuena en toda la nave que soporta en silencio el turno de noche. Aparte de eso alguna válvula deja correr un hilo de aire que suena a resoplido de animal salvaje.

El Lobo está al pie de la estructura. Archibaldo se encuentra arriba, alimentando la boca de la bestia con monoblock quebrado. Desde lo alto baja un cable de acero que, anclado al suelo, se conecta a una polea hidráulica que sirve para abrir y cerrar la puerta del horno.

Con unas cizallas, el Lobo acaricia el cordón trenzado. El calor le perla la cara. Dan un primer apretón que masca apenas unas hebras de acero. El cable tiembla y grazna cual instrumento mal afinado. Supone que Archibaldo no lo escuchará por estar embebido en su tarea. Oye entre silencios cada cordón soltarse. Da un segundo apretón a las pinzas con toda la fuerza de sus hombros.

Toma tiempo para secarse el sudor. Aguza el oído, pero no oye nada, salvo los golpes del metal contra el metal y, lejos de ahí, la risa fuerte de un obrero como si le acabaran de contar un chiste.

El cable se abre igual que una costura enorme. Apenas le da tiempo para saltar. Cae al suelo mientras el cabo de acero se eleva en un latigazo que ulula como cuchilla. Su bombín rueda en el suelo. Se oye un estruendo portentoso al caer la puerta; después, un lengüetazo metálico. Luego silencio. El Lobo no resiste la tentación de escuchar.

Nada. Sólo la válvula que inyecta oxígeno al horno suspira semejante a una madre metálica. Después el cuchicheo de obreros que se acercan. Apenas le da tiempo de incorporarse y recoger las cizallas y el bombín del suelo.

Camina hasta acodarse en un rellano oscuro. Escucha que algunos hombres suben al horno, después gritos. Finalmente, la alarma aúlla en la mediania de la noche.

28

El aire, que entra por los agujeros que abrieran los disparos, le golpea en el rostro y le dificulta respirar. Kanjo mira al frente y por un acto reflejo, sin premeditación ni espera, gira en la avenida que lleva a la fundidora. Tose y escupe por la ventana una flema marrón que se embarra en la carrocería de la Caddy.

Quisiera escuchar, en esos últimos compases, el sonido del óxido nitroso bombeando en el uve tec. Ese como silbido de acero que lo empuja contra el asiento y sólo le permite mirar al frente.

El motor está intacto; zumba aún cuando Kanjo ve, recortadas en el horizonte níveo, las chimeneas apagadas como pagodas negras.

Extraña Seúl. Extraña Osaka. Extraña el Aro. Pero no puede volver. No hay retorno de donde piensa ir. Abomina la posibilidad de que esta carrera se acabe.

En el estacionamiento, el Acerero levanta el cofre. Desde donde está no ve movimiento en la camioneta del Lobo.

Sin pensar en ello pasa de largo. "No te apures. Ya mero nos vamos", dice y acelera aún más sin hacer caso de la meta, la fundición o el dinero. No ve ya ningún camino ni sabe a dónde ir. La idea de detenerse lo horroriza a la par que se da cuenta de la circularidad del movimiento perpetuo. Como un bólido que se sale de la órbita, en realidad lo que hace es encontrar una carrera aún mayor. Una en la que se juega más que puro dinero. La multiplicidad de cruceros, caracoles y vías rápidas le parecen una pista en donde puede trazar algo más que el destino preconfigurado de una competencia, sino la aleatoriedad específica y pura de un destino.

Acelera hasta que la carrocería se funde en la neblina.

Hay algo dulce en el rodar de la llanta en el asfalto. En ese pillar sordo de la goma contra la piedra, que suena en una frecuencia por debajo de todos los ruidos del mundo, habita una tranquilidad que guía tu mano derecha a dibujar los trazos de una curva sin final de la plata sobre el negro. Los que saben de camionetas ven tu Syclone cual espejo: su bruñida superficie los refleja, siguiéndola con los ojos y la reverencia. Avanzas en la calle como crees que avanzas en la vida: seguro, templado, con el ronroneo del dos sesenta y dos uve seis decorando la ciudad blanquecina que parece existir a kilómetros de ti. A veces piensas que Monterrey es sólo un linóleo impreso, algo sin dimensiones, una mera imagen que sirve de fondo para rellenar la superficie de tu parabrisas. No existe nada más allá de la chapa de acero de la camioneta. La línea que te ofrece la calle es la metáfora ideal de lo que queda en el resto de tu vida: recta, clara, libre. Un auto naranja, casi rojo, circula despacio frente a ti. Avanza como si el conductor buscara una dirección entre las casas aledañas. Te fastidia encontrarte a esa gente que no sabe a dónde va. Impaciente, enciendes y apagas las luces altas. Después revolucionas la máquina. En tu vida sólo hay un obstáculo: un automóvil rojo. Si no fuera por eso, el destino y la ciudad estarían abiertos ante ti cual mandarina o una línea recta. Moverse, llegar, permitir que los sonidos todos se sinteticen y desbaraten hasta que sólo quede ése: el de la goma rechinando contra la piedra. Lo rebasas de un volantazo y te gusta cómo suena el motor al despertar, cuando rompe la calma y su corazón de hierro palpita con violencia entre los ventrículos y vísceras de aluminio. Al rebasarlo vuelves al carril y lo ves un rato por el espejo; mueves la cabeza en signo de desaprobación. El pobre diablo parece no saber ni dónde está. Aceleras. Dejas que suba el timbre de esa llanta que tañe la tierra. Ríen niños en la colonia; los trabajadores faenan arriba, en la construcción de la autopista. La geometría te ofrece una línea y tú la vives, la transitas y algo te lleva, a centímetros del suelo, hacia adelante.

QUEMANDO LLANTA

Fast and furious
We ride the universe
To carve a road for us
That slices every curve in sight.

JUDAS PRIEST, "Freewheel burning"

1

La Ford Lobo roja entra al Palacio de Fierro removiendo la grava suelta con el pedal del freno a fondo. Nadie desciende. Un hombre, sentado en el interior del yonque en una banca bajo la sombra de un mezquite que difumina el día rojizo, se levanta con un cigarro electrónico en la mano. No se acerca. Da una calada y entrecierra los ojos.

Antes de apagar el motor, el Lobo se saca el bombín y se enjuga el sudor de la frente. Escucha un rato el uve diez, que explota la mezcla contra los pistones.

El hombre se acomoda un pañuelo rojo en la nuca y camina hasta llegar a la puerta del copiloto. Con un zumbido desciende el cristal polarizado.

—¿Dónde está Humberto? —pregunta Ricardo Prieto desde el interior.

—Acaba de salir —responde el hombre que, sin dar la calada, muerde la boquilla del cigarro electrónico.

—Vaya.

—Oigan, qué buena troca traen.

—¿Sabe si tardará mucho en volver?

—¿Humberto? No, no tarda. Fue a la ferretería a comprar cal. Acaba de enterrar a su perro ahí atrás.

—¡No mames! ¿Se murió el Popis? —pregunta el Lobo.

—Al parecer. Ya veo que era una celebridad, como si dijéramos.

—Entonces lo esperaremos.

—No dejaba de repetir que mañana es un día importante, pero no me explicó nunca por qué. Dijo que iba a llover y se fue por cal, pero a mí se me hace que no, ¿cómo ve lo que le digo?

—Estas nubes no son de agua —dice Prieto con una mueca.

—Eso mismo pienso yo —dice el hombre y forma un silencio al meterse de nuevo el cigarro en la boca—. Oiga, pero es mucha troca. ¿Qué motor trae? ¿El uve ocho, cinco punto cuatro?

—Ni madres —responde el Lobo bajando de un brinco—. Trae algo más pesado.

Levanta el cofre y deja ver dos cabezas alargadas coronando la joya de un cuerno de turboaspiración que se alimenta a través de dos tubos como serpientes que llegan hasta el frente de la chapa roja.

—Es un uve diez turboaspirado.

—¿Tiene el bloque de aluminio?

—Lo tenía. Pero se chingó en un arrancón. Muy ligero, pero si vas a turbocargar el motor, mejor con bloque de vaciado. Si no, las bielas acaban sacando la manita.

—¿Entonces lo corres?

El Lobo sonríe enseñando los caninos.

—No, pendejo, le puse máquina para ir a Soriana.

El hombre tuerce el gesto por el insulto. Al notar la molestia, el viejo se apresura a intervenir.

—Entonces, se murió el Popis.

—Y Humberto parecía preocupado. Según él, el perro ése le daba, como si dijéramos, suerte.

—Y que mañana es un día importante.

—No paraba de decir eso, pero sepa qué sería.

Ricardo Prieto se queda callado. El hombre del cigarro electrónico habla para llenar el silencio:

—Bueno, déjeme le sigo, porque Humberto ya me entretuvo mucho.

—Con estos días blancos uno ya no sabe dónde está el sol. Como si estuviera en un sueño o algo. Como si el sol estuviera en todas partes —dice el viejo hablando casi para sí mismo.

El Lobo, sin dar la menor importancia a lo que dice, abre la puerta del copiloto y deja ver a Ricardo Prieto semejante a un feto encorvado sobre el asiento negro, sostenido con el cinturón de seguridad. En el pantalón tiene restos de piel de camarones secos.

—¿Y tú quién eres? ¿Si puede saberse? —pregunta el Lobo dirigiéndose al hombre del cigarro electrónico.

—Soy un mecánico. Tengo un taller en la San Pancho. Vine a buscar un pistón de un motor que estoy terminando.

—No pareces mecánico —responde el Lobo.

—Tranquilo. No pasa nada. El hombre se ve interesado en las máquinas. Mañana hay una carrera —anuncia Prieto.

—Pues sí suena importante, ¿cómo no? ¿Y la camioneta va a correrla? —pregunta el mecánico.

—Va a ganarla —repone el Lobo.

—¿Sabes quién soy?

—Sí, una idea me doy, señor Prieto.

El Lobo interrumpe sacando una silla de ruedas de la caja de la pick up y poniéndola con un golpe sobre el suelo. Le quita el cinturón de seguridad y levanta a Prieto por las axilas hasta llevarlo a la silla. El mecánico exhala el vapor de nicotina y sostiene los manubrios durante la operación. El viejo cubre sus ojos con la mano haciendo una visera, a pesar de tener lentes oscuros.

—Hace un sol borrado, como si dijéramos.

Ricardo jala aire y carraspea.

—No me acostumbro a la silla —dice y después añade—: ¿Nunca has visto directamente al sol?

—No.

—Yo sí. Dos veces. La primera fue con un hermano de mi abuelo. El más joven de tres hijos. No tenía necesidad, pero le gustaba agarrar la pata de gallina, que así era como le llamaban a la flor del maguey. La preparaba en mixiotes los domingos. A veces tumbaba el quiote; otras se trepaba hasta alcanzar la flor. Una vez se subió a un quiote podrido que se soltó con el peso y lo tiró a un barranco.

El mecánico guarda silencio. Jala vapor del cigarro.

—Cuando lo buscamos, tardamos mucho en hallarlo. Yo lo encontré. Estaba tirado entre unos arbustos con la cara descarapelada por el sol y los ojos secos y arrugados como ciruelas. Esa fue la primera vez que vi el sol. Lo vi reflejado en el espejo de la muerte.

—Oy'eso, compa, porque el viejo éste no suelta prenda.

—Haz el favor de callarte un rato, Ezequiel.

—¡Ah chinga!, ¿cómo sabe mi nombre?

El viejo no contesta. Por su postura pareciera que mira al vacío a través de sus lentes oscuros.

—Nadie usa ya esa palabra: *hermoso*. Pero sí, eso es. Como un concierto de chelo de Elgar. Todavía sueño con él. Si cierro los ojos un rato puedo volver a sentir el sol.

Se queda mudo. El mecánico da una calada a la nicotina eléctrica y se rasca la cabeza mientras Prieto parece ensimismado.

—¿Me da un toque de esa mamada? —dice el Lobo con curiosidad, alargando la mano.

El mecánico lo mira un momento sin hacer nada. Después le extiende el cigarro. El hombre del bombín jala vapor como si fuera un toque de marihuana, inhalando con aspaviento. Retiene el vapor y lo suelta con desilusión.

—Pinche mugrero: ni sabe a nada.

Finalmente, el viejo con un ademán solicita:

—Vamos a ver el área del asador. Quiero asegurarme de que todo esté listo para la noche. Y escucha bien, porque esta historia tú no la conoces, Ezequiel. La única persona a quien se la conté ya está muerta.

El Lobo sabe que era Archibaldo.

—Don, y si no es mucha molestia, no me diga Ezequiel. Dígame Lobo, como todos los demás. Los nombres que le pone a uno su jefecita debe respetarlos.

—Me siento ridículo diciéndote así. Mejor ya no te nombro de ninguna forma.

El Lobo empuja la silla de ruedas y a la zaga va el mecánico. El patio de chatarra está casi vacío, sin trabajadores. Hay un pequeño montículo de tierra negra en medio del hierbajo junto a un compresor descompuesto.

—¿Y la segunda vez que vio el sol?

Llegan a un asador. Hay un tambo convertido en estufa. El mecánico sigue escupiendo humo por la nariz. El Lobo se arrellana en una mecedora y saca papel para liar un cigarro de marihuana.

—¿Viste las veinticuatro horas de Le Mans de mil novecientos cincuenta y cinco? Ezequiel, dame agua antes de que empieces a fumar. ¿No detestas el olor a marihuana? A mí me vale que se envicien los jóvenes, pero que por favor no apesten.

—No. No vi la carrera.

El Lobo se acerca de nuevo y vierte agua en la cicatriz con dientes que es la boca de Prieto. El mecánico aprovecha para sentarse en un bote con una tabla de madera por asiento.

—Creí que te gustaban los carros. En Le Mans fue la segunda vez que vi el sol —jala la camisa y deja ver las cicatrices que le bordean el cuello y se pierden en el abdomen.

Con su mano escamosa saca de una bolsa lateral de la silla de ruedas una carpeta de cuero color rojo y la deja en su regazo. Guarda silencio. El mecánico tampoco dice nada.

—Se quedó mudo, como si dijéramos —suspira exhalando vapor de nicotina.

El sol sin sombra los cansa. Prieto tiene la mirada perdida, recordando una tormenta de magnesio en el cielo.

—Oye —se dirige al Lobo, quien jala humo de la brasa entre sus dedos—, baja el carbón y la carne y guarda esta carpeta en la camioneta, por favor. Y disculpe que no lo invite a nuestra fiesta, pero creo que ya fue suficiente plática por hoy.

2

La fundidora es apenas una silueta silenciosa recortada contra el blanco. En el estacionamiento vacío sólo están la Syclone plateada y la Lobo roja, separadas por varios cajones de estacionamiento.

El Acerero limpia la gasolina que inunda el barco de admisión. Camina rodeando el cofre y a cada paso olvida la velocidad y el poder de la carrera, y recuerda qué es cojear y tener que sostenerse de las cosas para avanzar a tropezones. El Lobo no baja de la camioneta. Se escucha una polca que rebota contra los vidrios.

Atrás no hay ningún sonido. La fundidora luce vacía. Las chimeneas que se emborronan en la niebla reciben el eco lejano de un helicóptero rondando. En sordina, algunas sirenas ululan momentáneamente.

Dejando de lado el motor, el Acerero se sienta un momento en la cabina. No falta mucho para la hora de la comida. Piensa en mandarle un mensaje a Carolina, pero no sabe qué decirle. El Smith & Wesson en el suelo le llama la atención. Lo revisa a escondidas, debajo del tablero. Apunta al suelo y de nuevo aprieta el gatillo. El barril corre sin la menor intención de disparar. Cuando revisa con atención, observa que el final del martillo es liso y poroso. Al ponerla a contraluz se da cuenta de que la pieza no alcanza el percutor de la bala.

Busca en la guantera por si hubiera algo con que calzar el percutor. No encuentra nada. Al final lo único que se le ocurre es usarlo para lo único que sirve: aparentar que está armado. Lo atora debajo del cinturón con la culata de nácar sobresaliendo.

Revisa el radiador y los agujeros de bala que entraron por la lámina. Entonces suena la camioneta Ford negra de Humberto acercándose por la avenida. Es el único vehículo que se ve en la zona. Algunos peatones caminan casi a trote por las banquetas.

La troca entra al estacionamiento sonando el claxon. Se detiene en medio de los dos vehículos. Aún antes de bajarse, Humberto hace señas con las manos para que los dos corredores se acerquen.

La Lobo se aproxima con la polca rasgando el aire. El Acerero se arrastra de nuevo a la cabina y se queda pensando un rato. La gasolina sigue saliendo. Probablemente el empaque ya se rompió. Además, todo el refrigerante está en el suelo, escurriendo a lo largo de una mancha alargada. No le gusta la idea de encender así la camioneta. Da marcha y avanza con cuidado, vigilando al Lobo.

Al bajarse de la Syclone, Humberto grita:

—¡¿Y el chino?!

Nadie le responde. Su pregunta apenas se escucha debajo del sonido de la polca que truena y el cuatro cinco cuatro de dos gargantas que revienta el aire a acelerones. El hombre se tapa los oídos y rodea la Ford. Abre la puerta del copiloto donde está Ricardo Prieto.

—Fue hermoso, ¿verdad, Humberto?

No responde. Se limita a bajar la silla de la camioneta y a cargarlo hasta dejarlo caer. Mientras le acomoda los pies en los estribos de la silla, nota que le sangra la cicatriz. Lo acerca hasta llevarlo al anillo que conforman las tres camionetas.

Sólo entonces se apaga la música y el Lobo desciende, con la cara dura y el bombín en la mano. El Acerero también. Los pilotos se miran de reojo. Prieto aplaude y se rasguña.

—¡Hermoso! ¡Fantástico!

—¿Dónde está el chino? —vuelve a preguntar Humberto.

—Ni idea —responde el Acerero.

—¡Eso no importa! Lo que importa es que fue un final intenso y por sus jetas ya deduzco quién ganó.

—Hombre, alguno debió ver por dónde se fue el chino.

—Deja eso. Ya lo vemos más tarde. Por ahora, creo que lo oportuno es entregar el premio al ganador. Di unas palabras, muchacho. ¿Cómo te sientes?

—Bien.

—¿Oyeron eso? Se siente bien. ¡Cómo no te vas a sentir bien! ¿Qué pensaste cuando cruzaste la meta?

—La verdad, es que no pensé nada.

Ricardo se ríe.

—Pero bueno, imagino que ya estás esperando a tener el dinero en las manos y salir corriendo de aquí. Vamos a darle lo que se merece.

Humberto va a la camioneta y baja la bolsa verde con el dinero. La pone en el regazo del anciano que sigue hablando.

—¿No es esto por lo que todos corremos? —pregunta con una sonrisa—. Acércate, querido, déjame verte mejor.

El Acerero se aproxima arrastrando la pierna izquierda hasta que el viejo puede tocarlo. Sus manos le palpan la cadera, después bajan por el muslo y tiemblan a centímetros del sexo del corredor. Retira la mano y dice:

—Tu merecido premio.

El viejo abre la bolsa. Desde donde está el Acerero ve los billetes púrpuras de mil pesos, apilados uno sobre otro. Prieto introduce la mano y del interior saca una Beretta. Le apunta al corredor sin abandonar nunca la mueca monstruosa que intenta pasar por sonrisa.

—Ni se te ocurra —dice al ver que la mano del Acerero se dirige a la culata nacarada del Smith & Wesson—. Tú, llévate esto.

Humberto levanta la bolsa verde con el dinero y la lleva hasta el asiento de la camioneta negra.

—No se fije, don. Esa mugre ni sirve —habla por primera vez el Lobo con un mohín en la cara.

Se adelanta al Acerero hasta sacarle la pistola de un tirón. La pesa un rato en la mano.

—Órale, pero sí está chula.

Con el revólver le apunta al Acerero en el abdomen y aprieta el gatillo seis veces. Sólo suenan clics al girar del tambor.

—La neta no estaba seguro —su sonrisa sube tanto que le mira las encías amarillentas—. La puedes vender al fierro viejo, compa.

El Lobo avienta la pistola por la ventanilla dentro de la Syclone. Ricardo muestra su mano temblando con el arma:

—Mejor encárgate tú.

—A huevo, don. Faltaba más.

Toma la pistola y le apunta. Prieto se acaricia las manos y se mueve adelante y hacia atrás sobre la silla.

—Ezequiel.

—Que no me diga Ezequiel, don.

—Como sea. No dejo de pensar en Archibaldo. Él debió estar aquí. ¡Debió morir en un choque frontal! Si hubiera podido ver nacer esto. No dejo de pensar en que debí estar presente cuando pasó todo. No dejo de pensar en lo que me contaste.

—¿Qué le conté, don? Yo le conté muchas cosas.

—Pues lo que hizo con el ingeniero.

—Ajá.

—Me gustaría verlo.
—Órale, ¿lo de los dedos?
—Sí. Lo de los dedos.
—Pero déjeme le cuento bien cómo fue —y después dirigiéndose a Humberto—: Ven pa'cá y échale el ojo a este cabrón. Que no se me desbalague.
El chatarrero agarra la pistola a regañadientes. El Acerero lo cruza con los ojos; él desvía la mirada.
—Ya sabía que esto se iba ir a chingar a su madre, hombre.
—¿De qué hablas?
—Ayer enterré al Popis.
—Ese pinche perro hediondo ya tenía que morirse —reclama el Lobo—. Aguantó el tiro que le di, el cabrón. Pero ya le tocaba.
—¿Dónde está el chino? No podemos dejar que se vaya, hombre.
—No irá a ningún lado. Al rato nos encargamos de eso.
El Lobo va a la camioneta roja. Enciende el motor. Suenan los trepidantes acordes de la polca norteña: "El Circo". Revuelve el interior de la cabina. Tira al suelo latas de comida, papeles y botellas de cerveza.
Sale de la camioneta con una llave Stillson.
—Todo empezó así, don. Archibaldo le preguntaba al ingeniero orejón sobre lo de la ecología, que le dijera no sé bien qué...
Levanta la llave y la descarga sobre el abdomen. El Acerero, que abre la boca antes de que la herramienta lo golpee, se queda sin aire y sin voz. Se dobla sobre el suelo.
—Se me hace que desde ahí la cagó Archibaldo, porque el güey le dio en la cabeza. ¿Así cómo iba a contestar el inge?
El Acerero patea el aire intentando recuperar el aliento. Humberto cierra los ojos y mira hacia la fachada emborronada de la fundidora.

—Hombre, pero esto ¿de qué sirve? Tenemos que ir por el chino.

—"¿De qué sirve?", pregunta éste —dice Ricardo Prieto, emocionado.

Las voces se hacen oír a duras penas debajo del fuelle rítmico de las lengüetas de acero del acordeón y el rasgueo de los dedos que suben y bajan sobre el bajo sexto de la polca. Mientras espera, el Lobo gira sobre sí mismo, bailando y jugueteando con su bombín.

—Deja que se levante —dice Prieto.

Humberto baja la pistola porque el Acerero no se levanta.

—Órale. Este sonso creía que iba a cobrar la lana —dice el Lobo con la mitad de los labios cerrados alrededor del cigarro. Después da una vuelta sobre sí mismo al ritmo de la polca que sigue sonando. Baila un rato en su lugar.

—Luego, ¿qué pasó?

—Órale, pues. Archibaldo se le ocurrió arrastrar al inge —agarra al Acerero y lo lleva hasta la fascia de la camioneta roja.

—Espera —dice Prieto—. Humberto, llévame hasta allá.

El hombre duda un momento.

—¡Humberto!

—Hombre, don Ricardo, de verdad ya no le voy a quedar a deber nada después de esto.

—¡Llévame hasta allá!

El Acerero, recargado en la parrilla, aún intenta recuperar la respiración. Tose y revisa la boca para ver si hay sangre.

—Hombre, tú sabes que no es nada personal, ¿verdad?

El corredor lo mira, pero no responde.

—Y bueno, pues el Archibaldo desconectó uno de los alimentadores del turbocargador, agarró al inge ya todo madreado y... órale.

Al levantar al Acerero, éste sacude el hombro para soltarse.

—Chingado, por eso hay que madrearlo más. Ahora verá.

Con la Stillson le da un golpe en la cabeza. No hay grito. El mundo se cimbra al caer y la parte de atrás de la nuca y la espalda se llena de un líquido caliente. Tirado escucha cómo vibra la tierra con la polca que le da duro a la tambora. El Lobo le pisa con la bota la espinilla izquierda, donde el hueso de la tibia soldó mal. El Acerero ahora sí grita a todo pulmón.

Se saca el cigarro de marihuana y baila de nuevo al son de la música con los hombros apretados contra el cuello y sosteniendo la mano de una pareja invisible.

—Sí sabe gritar el ojete. 'Ora, sí, ya está más blandito —dice y lo incorpora tomándolo de la muñeca derecha—. Pinche suertudo, ya se te acabó la pata de conejo. Si no hubiera sido por el tráiler me la hubieras pelado bien pelada.

El corredor apenas hace amago de resistirse. Al mirar abajo ve sus hombros y pecho manchados de sangre. El Lobo le levanta la mano y la acerca al motor que ruge.

—Álzame, Humberto —dice el viejo—. ¡Álzame!

La mano se aproxima poco a poco a la boca de aluminio de uno de los turbos en el múltiple de escape. La turbina succiona el aire para reinyectarlo en la cámara de compresión. El motor tiembla como el corazón de una bestia.

—No te agüites, compa. Aunque no hubieras ganado, íbamos a chingarnos a todos.

Después de estas palabras, el corredor suelta la mano y deja que la lleven hasta el corazón del turbo. El dedo índice entra en las navajas plateadas hasta la mitad de la tercera falange. El grito de emoción del anciano y el aullido propio le impiden escuchar cómo el motor se revoluciona. Las aspas que trituran la piel, hueso y sangre inyectan octanaje nuevo a la mezcla de gasolina que entra a presión. Todo el material se disuelve en el fuego del cilindro que estalla con la chispa de la bujía.

—Órale. Como que a la troca ya le gustó tragar dedos —dice el Lobo y suelta al corredor que cae al suelo sin atreverse a ver la herida de su mano.

—¡Hermoso!

—Sí, don, hermoso. Pero si la camioneta acaba ocupando una anillada, ahí le encargo que se acuerde de mí —le da otra calada al cigarro—. Y luego Archibaldo lo siguió aporreando con la Stillson hasta que ya se veía que el pobre orejón estaba más pa'llá que pa'cá. No iba a decir ni pío. Algo así.

De nuevo levanta la Stillson y la deja caer contra el cuerpo del Acerero. Una, dos, tres veces sin que apenas haga más ruido que el de encajar los golpes con estertores y bufidos.

—La verdad es que este compa está cabrón. El inge estaba grite y grite; ya por eso mejor le pegué un buen madrazo. Pero éste sí es hombre. Como los pinches gallos que se matan en silencio. Pero ya se hace tarde, compa.

El Lobo va por la pistola de Humberto, pero antes de apuntar se queda viendo la avenida. No se escucha nada de lo que ocurre lejos por la polca.

—No mames.

—¿Qué? —pregunta el viejo.

—No mames, no puede ser —repite el Lobo.

Finalmente, lo primero que suena es el rechinar de llantas. Humberto se gira y ve lo que viene con los ojos abiertos, con la mano aún hacia el frente como si tuviera todavía la pistola.

Cuando la Dodge verde entra en el estacionamiento, desde la ventanilla sale el cañón de un a ce erre Bushmaster y lanza un racimo de balas que encuentran el acero con chasquidos rítmicos, cual redova de polca norteña.

3

La Chevy cincuenta y cinco con las líneas ajenas a la aerodinámica corta el aire a la manera de un elefante rompiendo papel. El motor seis punto dos suena potente y saludable. Las aristas de metal de la camioneta, sobre todo en la parte superior, se inclinan sobre el asfalto cual animal galopando. La Muerta se encarama sobre el volante porque sabe que a cada metro que devora se incrementan las probabilidades de ganar. Conducir es olvidar. Nada de lo que muestran los retrovisores importa.

Al pasar el caracol que conecta la autopista con la libre ve a lo lejos la silueta de un hombre parado en medio de los dos carriles. Desde donde está, en el contraste del blanco, no distingue quién es ni qué hace. Algunos automóviles frente a ella bajan la velocidad. Ella busca adelantar por la derecha y pisa el terraplén. El hombre sube y baja la mano para pedir que se detengan.

La Muerta, como un reflejo, se sale de la carretera para esquivar el tráfico. Sus manos blancas se enrojecen al sujetar el volante que lucha por girar en cada imperfección del camino de tierra. Entre los automóviles alcanza a vislumbrar un arma larga en la silueta. Sumergida en el sonido del metal que se bambolea en sus soportes no oye el grito que exige un alto.

Siguen timbres en la chapa de acero. No escucha los estampidos de las armas automáticas que disparan contra ella. Los proyectiles que atraviesan la aleación con sonidos plang, pling.

Acelera más. Es su pie que cae sobre el pedal, después de que una bala le atraviese la pantorrilla. No se agacha. Apenas se inclina aún más sobre el volante, tocándolo casi con la nariz. Y con la mano derecha baja una velocidad para avanzar más rápido y de paso tocar la madera de la bola de abedul de la palanca de cambios. Apenas siente uno, dos punzones en el brazo, en el hombro y después deja de sentir. Sigue mirando al frente donde el terraplén, cercado por un alambre de púas, muestra detrás una nave industrial, quizás un granero.

Todo es blanco y los sonidos se acompañan de ecos como si el momento sucediera a kilómetros de distancia. Su tímpano funciona al revés, escuchando lo más lejano y obviando lo más próximo: el cencerro del ganado que pasta en la llanura y que no interrumpe su comida por los disparos que resuenan en la carretera, acostumbrado a ellos como el repiqueteo de los pájaros carpinteros. Suena el rumiar de las bocas, el resoplido de la nariz, la sacudida de las orejas que intentan espantar una mosca; del otro lado un llanto infantil en un automóvil y también otros sonidos que no pueden estar ahí: el motor cuatro cero nueve del auto de su padre, ronroneando frente a la cochera. Recuerda cuando salía para verlo llegar montado en el Impala sesenta y cuatro. De lo que más se acuerda era del piso caliente que le quemaba las plantas de los pies. De nuevo siente como si la cargara en brazos para que el suelo no le lastimara. Después todo es un punto blanco.

Su avance es una huida. Su meta un retorno. En la quietud en la que se va empantanando como un sueño, ve el tiempo, la carrera, su vida, ya no como una línea, ni siquiera como un anillo; sino más bien un laberinto o un palimpsesto: su hija, su padre, ella, ya son una sola cosa. La salida, el camino, su meta, su casa, Monterrey y la frontera están mezclados, confundidos en un solo punto.

La camioneta avanza, atropella a un policía que seguía disparando y finalmente se estrella en el arcén. Los gatillos continuaron chasqueando un rato más. Al detenerse, los carros están inmóviles. Los pasajeros, lívidos. Suenan los gritos del policía atropellado y a lo lejos un cencerro que repica.

4

El Acerero se arrastra por el suelo hasta cubrirse en la parte baja de la Syclone. La mano le escuece. Deja un rastro de sangre en el asfalto. Se acomoda y comprueba que no muy lejos de ahí está la pistola con la que el Lobo iba a matarlo.

Los ojos de Humberto están fijamente clavados en los suyos. "Esto es un muerto", recuerda.

El traqueteo de la metralla sigue junto al rechinar de llantas. El Acerero se palpa la nuca ensangrentada y respirar aún le cuesta trabajo. El chatarrero tiene tres tiros visibles en el pecho. El corredor se incorpora a medias para ver dónde está la camioneta. Después, entre los cristales que caen al suelo y el sonido de la chapa desgarrada, ve al viejo Ricardo Prieto reptando sobre el suelo como una alimaña. Su silla de ruedas, apenas a unos metros, yace volcada hacia un lado.

Tortuga no se detiene. Rodea al grupo de camionetas tirando a discreción cuando ve la sombra de un cuerpo asomándose. La música sigue sonando en bucle en la Lobo roja: "El Circo".

Nadie responde al fuego que viene de la Dodge. El Acerero intenta ponerse de pie, pero el pisotón en la espinilla lo impide. Se vuelve a sentar y a ras de suelo busca las llantas de la camioneta verde.

Distingue al Lobo que da vueltas alrededor de su vehículo. Su bombín está en el suelo y se asoma a medias en la caja para saber hacia dónde debe moverse. Busca la oportunidad de entrar a la cabina. Prieto se sigue arrastrando. No tiene los lentes oscuros y por primera vez el Acerero ve sus ojos. Dos membranas apenas visibles, cual semillas de durazno encajadas en cuencas semicerradas. Parece un gusano ciego arrastrándose en medio del estacionamiento.

El Lobo se escabulle finalmente al interior. Al abrir la puerta, el requinto del bajo sexto suena más fuerte. Busca la Uzi en el suelo de la cabina. Respira agitado. Pone las llaves en la marcha. Levanta el volumen de la polca justo en el pase de escala sobre los botones del acordeón. Acelera el motor uve diez. Un disparo certero revienta el neumático. Sin levantar la cabeza, el Lobo mete primera y acelera. La Ford roja impacta de frente a la negra y la hace girar sobre sí misma. Ricardo Prieto apenas se lleva las manos a la cabeza al quedar tan cerca de las llantas que pasan a su lado.

El Lobo avanza lanzando chispas por un costado del vehículo. Tortuga Urdiales se enfila detrás de la camioneta. Se acerca a ella como el cazador a una presa moribunda, sin cuidar demasiado la distancia, seguro del tiro de gracia. El fuelle del acordeón no deja de sonar a la par del chirrido de navaja del rin arrastrándose contra el pedernal del suelo. De pronto, de la ventanilla asoma el cañón corto de la Uzi y lanza una ráfaga errática a la Dodge.

Tortuga volantea. El Lobo aprovecha para levantar la mirada y ver a dónde se dirige. Se asoma apenas a la altura del volante, pero no ve ninguna salida del estacionamiento y no podrá franquear el muro de concreto que lo rodea. De nuevo se agacha y casi a ciegas gira el volante.

Urdiales se adelanta y se coloca perpendicular al avance de la Lobo. Sale por la puerta del copiloto. Se atrinchera detrás de la lámina verde y dispara directo a la parrilla. Salta por los aires la fascia de plástico envuelta en un chorro de anticongelante amarillo. La camioneta roja acelera sin control vomitando efluvios a lo largo de su avance.

La Tortuga se hace a un lado. La Lobo golpea la caja de la Dodge con fuerza y la aparta a duras penas. El motor se apaga, aunque la música sigue. Urdiales dispara a través de la puerta hasta vaciar el cargador del Bushmaster. Avanza poco a poco. Al llegar a la puerta desenfunda la Glock que tiene al cinturón. Abre la camioneta con el arma al frente. La polca suena juguetona sobre el aire. Despatarrado, con la cintura colgando del asiento y los pies enredados en los pedales, el Lobo tiene la boca abierta con varios tiros. Uno de ellos le borra media cara. Tortuga recoge el arma entre los dedos del muerto. Le quita el cargador y la arroja a la cabina.

Vuelve su atención al círculo de camionetas. Desde donde está distingue la silueta de anélido de Prieto, que tiembla como un insecto sin alas. Mientras va de camino dispara a los neumáticos de la Ford negra. Después, más atento, se percata de hacia dónde se arrastra el viejo. Cerca del cadáver de Humberto hay una pistola. Corre apuntándole a la cabeza. Acaricia el gatillo, pero no quiere matarlo aún. El viejo llega hasta el arma.

Ya que la tiene en la mano, intenta incorporarse, pero no lo logra. Desde donde está tumbado apunta hacia la Syclone y aprieta el gatillo. Pero no ocurre nada. Urdiales llega y de una patada derrumba lo poco que queda de Prieto.

—Viejo puñetas.

Le arrebata la pistola de la mano. Maniobra con ella, le quita el seguro y le dispara al cadáver de Humberto, que recibe dos tiros más en el abdomen.

—A la próxima le quitas el seguro, Richie.

Prieto intenta recuperar el aire. Cuando consigue darse la vuelta, mira a Tortuga con sus ojos como carbón apagado.

Esboza una sonrisa en donde pueden verse los caninos bordeados por un hilo de sangre en las encías.

Antes de que nadie diga nada, el motor de la Syclone revienta el aire. Aún con el cofre levantado acelera y se pone en movimiento. Tortuga se apresura a levantar el a ce erre y apunta a las llantas, pero va demasiado rápido. Después intenta con la cabina. Revienta los cristales. La camioneta se aleja. Metros más allá, el aire le arranca de cuajo el cofre que vuela cual hoja de papel al viento.

Urdiales corre a la camioneta negra y revisa el interior.

—Se lo llevó, estúpido —grita el anciano desde el suelo—. ¡Se llevó la maleta!

Tortuga mira a Prieto. Guarda la pistola junto a la otra en el cinturón. Se inclina sobre el viejo y lo levanta como un niño.

—Vamos a pasear, Richie.

5

Kanjo sostiene la pistola de la bomba de gasolina en la mano. El calor rueda sin obstáculo en algún punto de la carretera a Monclova. El viento calmo deja oír el chorro de combustible que entra a presión por la boca del tanque. La mirada se resbala entre las largas rectas que surcan montes breves. Le da la impresión de estar en una gran meseta.

Hay algo parecido a un suspiro que suena bronco por los mocos, un jalar de aire burbujeante. Se levanta el cubrebocas y escupe al suelo un gargajo.

Una mujer mayor que acaba de estacionarse mira la mancha marrón en el suelo y luego al hombre asiático que acaba de expectorarla con una mezcla de fascinación y asco. Pasa caminando rápido y entra a la tienda que está en la parte de atrás.

A Kanjo lo distrae un cupé que pasa a toda velocidad en la carretera, levantando una llovizna de grava. Lo sigue hasta que se vuelve un punto indiscernible del horizonte. No le gusta tener tanto espacio ante sí. Prefiere que todo se limite a un punctum preciso de asfalto en la composición de un parabrisas.

De nuevo siente la necesidad de escupir flema acumulada, pero recuerda la mirada de esa mujer que no sabe cómo describir. No necesariamente fue asco. O no solamente. Cree que es anonadamiento. Es la palabra.

Su divagar flota a la deriva en el horizonte. Avanza como un globo en el cielo. Prefiere mil veces la repetición calculada de la armadora, la exactitud robotizada de la maquinaria danzando, arrojando puntos de soldadura con precisión y monotonía, y no ese azar de nubes deshilachadas bajo el sol del mediodía, esa fuga perpetua de campo sobre baldío ilimitado.

Todavía no termina de llenar el tanque cuando sale la mujer de la tienda. Aún le dedica una mirada impúdica. Kanjo aprovecha para toser, jalar flema y volver a escupir. Expectora un coágulo de sangre que termina en el asfalto. Unas gotas marrones quedan en los labios del coreano. La mujer casi trota hasta su camioneta. Sube y arranca mirándolo anonadada.

La bomba detiene el chorro de gasolina. El despachador de mirada taciturna aparece con un trapeador y limpia los escupitajos. Después acepta el billete que le tiende y se marcha.

Kanjo piensa en que algún despistado confundiría esa experiencia que ahora le recorre cada poro con la libertad. Pero él no. Al contrario. Nunca antes sintió tal vocación, tal forma de la fidelidad a ese proyecto: la de convertirse en un objeto semoviente. Sin mayor meta ni objetivo más que el de desplazarse. No tanto por el miedo a la quietud o el horror al vacío, sino más bien por perseguirlo. Como si la nada que habita en el asfalto lo succionase hacia adelante en un movimiento perfecto, circular e infinito.

Sabe que sólo mientras esté quieto es vulnerable a ese cuerpo que se pudre.

Kanjo siente algo en el corazón al encender el motor uve tec. Acelera. El mofle chilla y lanza destellos de fuego. Al arrancar, sus pensamientos se detienen. Elige al azar el sentido en la carretera negra de dos carriles.

6

El Acerero mete la mano derecha debajo de la axila. La hemorragia no es grave. Antes de incorporarse a medias y correr por la pistola que está a los pies de Humberto, escucha arrancar el motor uve diez de la camioneta Lobo.

Se cubre detrás de la Syclone cuando la Ford golpea la troca negra y sigue adelante entre arpegios de polca. El vehículo gira sobre sí mismo y sus puertas abiertas quedan perpendiculares al corredor que puede ver dentro de la cabina. Ante él la bolsa verde con amarillo yace en el asiento. La portezuela aletea pero no se cierra.

El cofre de la Syclone aún está arriba. Alcanza a ver que Tortuga persigue al Lobo a través del estacionamiento. Se incorpora sosteniéndose de la chapa plateada. Intenta apoyar lo menos posible la pierna izquierda y corre a zancadas irregulares hasta la bolsa verde. Ve, aún con la cremallera abierta, la superficie limpia y morada de los billetes de mil. Intenta cerrar la mochila, pero no puede con sus manos incompletas.

Una ráfaga de la Uzi lo pone a cubierto. No puede echarse el dinero al hombro: lo carga de las asas. Se asoma y ve a Tortuga disparando contra la camioneta Lobo. Voltea a ver el cuerpo de Humberto y al viejo que se arrastra por el suelo. Está demasiado lejos y demasiado a la vista. Corre de regreso a la Syclone. De nuevo se guarece y mira a Ricardo Prieto que ríe sordamente debajo de un trueno de plomo. Arroja la bolsa del dinero a la caja.

Le escuecen la mano y la cabeza. Ve su dedo índice inexistente y los nudillos ennegrecidos hasta casi la mitad del dorso. Abre la puerta del copiloto y se arrastra a través del asiento. La lluvia de balas se detiene. Contorsiona las piernas para poder acomodarse en los pedales y sacar las llaves del bolsillo. Las pone en el encendido. Mete el embrague y pone la segunda velocidad. No da marcha aún. Levanta la cabeza y busca a Urdiales. Lo ve a través de la pequeña rendija que por debajo deja el cofre alzado: trota con el fusil apuntando a Prieto. Espera a que baje el arma.

El viejo toma la pistola y apunta a la Syclone. Luego Tortuga lo desarma y le pega dos tiros a Humberto en el abdomen.

El Acerero gira la llave del encendido y suelta el embrague. Las llantas giran sobre sí mismas antes de encontrar el agarre y dispararse en una parábola hacia la salida del estacionamiento. Tiros atrás. Se revienta el vidrio a su espalda. Acelera con todo lo que da la máquina. El cofre apenas lo deja ver, aunque después de unos cientos de metros se arranca de cuajo. Se incorpora. Voltea hacia atrás y ve que Tortuga aún no puede llegar hasta su camioneta. Acelera. El aire entra por todos lados a la cabina. La mano derecha estalla cada vez que cambia la velocidad. En los espejos laterales, nadie lo sigue aún. Poco a poco el gigante de acero de la fundición se va perdiendo en el pardo y la música de la polca queda atrás.

Acelera como alma que lleva el diablo.

7

Carolina selecciona la ropa de la niña. Revisa a fondo los cajones y toma una a una las prendas. Después de acomodar y contar las mudas, cierra la maleta y la arrastra hasta el pasillo donde está la suya.

La niña ve la televisión. La comida no tarda en salir.

Se sienta un rato en la cama. De pronto todo son dudas. Quizás es demasiado precipitado. Quizá deba deshacer las maletas, acomodar la ropa de regreso en el armario y esperar. Hablar con él sobre lo que les está pasando. Su silencio. Su "no sabría cómo explicarlo". Su incapacidad para traer dinero a la casa. Su fervor por esa pinche camioneta.

La niña aparece en el vano de la puerta del dormitorio. Observa a su madre acomodando la ropa.

—¿A dónde vamos?

—A casa de la abuela —responde ella y después cambia el tema—: Apaga la televisión porque ya ahorita vamos a comer.

—No me gusta ir a casa de la abuela.

—Ya lo sé. Pero no te estoy preguntando eso. Ahora, ve a apagar la tele.

—Ahorita… —dice la niña y corre para sentarse frente al aparato.

La mujer la sigue, pero se queda en la cocina. Revisa el arroz y el guiso. Acomoda el equipaje junto al sillón. Así no será lo primero que vea al entrar, pero seguro acaba viéndolo.

Siente ganas de llorar, pero se mantiene entera al recordar los silencios o las noches sola en cama mientras él está afuera con la camioneta.

Hace calor. Mira por la ventana. No debe tardar en llegar. Dijo que estaría ahí a la hora de comer. Toda la sierra está tapada por una niebla insistente. La niña agarra unos cochecitos Hot Wheels y juega en el piso. Ella mira el reloj de su teléfono y se repite que no debe tardar mucho en llegar.

8

El viento mezclado con olor a gasolina de la fuga del carburador entra a través del cristal roto. Sin cofre ni parabrisas el motor suena a trueno interminable. Las calles vacías reciben el rugido y devuelven sólo eco. La neblina termina de asentarse en la meseta.

No hay retrovisor. El Acerero mira el espejo lateral y sólo ve la tira negra de hormigón donde una línea intermitente parpadea, avanza unos metros más y la blancura de la niebla lo tapa todo.

Con calma rebusca entre los asientos y saca un trapo con el que se cubre la mano derecha. Cada cambio de velocidad es un suplicio. La palanca escurre sangre hasta el suelo. Poco a poco un hormigueo intenso y caliente le llega hasta el codo. El asiento, el tablero, las vistas interiores de las puertas, todo está cubierto de sangre seca. Alza la mano para detener la hemorragia. Se le entume la base de la nuca y cuando la piel se enfría, los golpes se resienten.

Abre la guantera y vacía su contenido. Caen papeles, un medidor de presión de las llantas, una libreta con cuentas. Palpa el suelo buscando el frasco de analgésicos. Se encuentra con la culata de la Smith & Wesson. La toma y la deja a su lado en el asiento. Encuentra el bote y vacía su contenido en la boca.

Aparece un tráiler de doble remolque como un cachalote en medio de la niebla. En el carril contrario ve el retén donde las luces rojas y azules y los estrobos policiales siguen parpadeando.

Vigila los indicadores. Tiene presión de aceite, pero sabe que pierde anticongelante. Pronto la aguja de la temperatura subirá. Espera a que el motor, sin cofre, se enfríe por el aire.

Algo le hace pensar que al llegar a Monterrey todo estará bien. No irá a casa. Quizá vaya a la Huasteca a intentar enterrar el dinero. Después le marcará a Carolina para que vaya al centro y allá la buscará. De nuevo mira el espejo lateral: nada. Sólo blanco. Tomará la autopista: habrá niebla, pero menos tráfico y policías.

Mira el teléfono. Casi es hora de comer. No sabe cómo la convencerá de que salga de casa. Guarda el celular en el bolsillo de la camiseta. Acelera hacia la rampa que sube a la ladera de la sierra y la plata que brama se funde en la espesura de lo blanco.

9

—¿Al chile lo viste?

—Pues un poquito. Mi jefe no se paró y no se veía mucho para dentro. Le vi la mano. Le faltaban dos dedos.

—No mames.

—El cuerpo no se veía bien porque la camioneta estaba panza pa'rriba.

—Qué chido.

—Yo nunca he visto un muertito. Puros pinches perros atropellados.

Los niños debajo de la sombra de una pared de block esperan a que salga Juan Pablo con el balón.

—Está gacho. Sí me dio cosa ver todo el mole regado en la calle.

Un chico hace gestos de asco.

—Pero nadie vio un muertito tan de cerca como el Juanpi.

—¿A poco sí?

Se escucha una puerta que se abre y Juan Pablo, desde la puerta de su casa, despeja el balón. Uno de sus compañeros lo detiene con el empeine.

—Pregúntale a ver qué.

—Oye, Juanpi, dice este güey que viste a un muerto.

—¿El de la camioneta? —pregunta otro.

Juan Pablo no responde de inmediato. Repasa los rostros uno a uno y pide el balón con un gesto. Cuando no se lo regresan finalmente habla:

—¿Y por qué salen con esas jaladas ahorita? Vamos a jugar, que en una hora mi jefa me va a hablar para comer.

—Es que Manuel vio uno en una camioneta que se cayó de la autopista y dice que tú viste uno más mejor.

—Eso fue hace un chingo. 'Ora. Pasa la bola.

El niño que tiene el balón debajo del pie le da un pase. Pero nadie se mueve de la sombra.

—Chingado, es que ya ni me acuerdo cómo estuvo ese pedo. Ya, ándenle, vamos a jugar.

—A mí me lo contó mi apá.

—¿Qué te contó?

—Pues lo que le pasó a este menso. Se hizo mucho pedo en la cuadra.

—¿Por?

—¿Les cuentas tú o yo, Juanpi?

—Ya dejen de estar chingando.

Juan Pablo levanta el balón, lo domina un par de veces y avanza a la cancha improvisada en la calle. Espera a que los demás lo acompañen, pero no se mueven.

—Pues es que este menso se le atravesó a un güey que iba hecho la madre, aquí en la cuadra y cuando le sacó la vuelta se ensartó con una señora. La ruca salió volando y se hizo caca en el parabrisas de la troca.

—No mames.

—¿Cómo se veía la muertita, Juanpi?

—Mi jefe hasta me dijo quién era la señora.

—¿Era de la colonia?

—¡Era de aquí enfrente! La jefecita del loco de los gallos.

—Ah, no te mames.

—Yo creo que por eso se volvió loco el joto ése.

—Ya no estén chingando, ¿vamos a jugar o no? Si no, para meterme a mi casa, pinche bola de verduleras. Parecen viejas, cabrones.

Juan Pablo patea el balón directo al grupo de niños. Uno se cubre y lo golpea en el hombro.

—¿Gol para o qué?

—Ya era hora, bola de jotos.

—Que el Manuel se ponga de portero.

—Uta madre, siempre yo.

10

Tortuga corrige el volante a cada momento. El choque con la Lobo descuadró la dirección y ahora la Dodge se escora a la izquierda. La neblina es más espesa. No enciende las luces. Se encuentra en el camino un par de remolques y automóviles que circulan con las intermitentes parpadeando.

Cuando ve la salida a la autopista se abre a la derecha y la toma.

—¿Crees que se fue por aquí Joaquín o le sacas la vuelta al retén? —dice el viejo Prieto que está echado con los hombros encogidos en el asiento del copiloto.

Tortuga no responde. Apenas le dirige una mirada breve sin emoción. Enciende el radio y suenan los compases de cuerda de "On days like these" de Matt Monro: "Questi giorni quando vieni il belle sole...". De un manotazo lo apaga. El viejo sonríe. De la frente le mana un hilo de sangre que le llega hasta el labio superior. Lame la gota roja con un gesto distraído y mira la pantalla blanca en el cristal.

La Dodge avanza rauda. Se vuelve más difícil mantenerla en línea recta. Tortuga sostiene el volante con ambas manos y corrige el rumbo todo el tiempo. El viejo cierra los ojos.

—No quisiste saber de Archibaldo. Debiste ver su cadáver. Su cuerpo terso abierto por la mitad como un cabrito.

Tortuga sin decir nada saca la pistola Glock del cinturón y lo golpea con la culata en el gaznate. Después de rebotar contra el asiento, Prieto muestra su boca escarlata en una especie de mueca de perro rabioso.

—Y a esa puta chicana, ¿la viste cocida de plomo? —dice mirándolo con sus ojos arrugados como carbones.

Tortuga vacía el cargador sobre la ventanilla derecha que estalla en pedazos. Los estampidos enmascaran la risa franca de Prieto, a quien le silban los tiros frente a la nariz. La camioneta coletea. El cartucho se agota y suenan dos clics y después le hunde la culata de nuevo en el rostro y avienta la pistola. El viejo gime. Se palpa la cara y nota que le rompió la nariz. Saca la lengua para relamerse la boca. No puede sonreír. Mueve los ojos a su alrededor, se frota el pecho con su cicatriz azul y después hace el intento de abalanzarse sobre el volante. Tortuga lo detiene de un manotazo y lo lanza contra la portezuela del copiloto. La cabeza le asoma un poco a través del hueco de la ventanilla. Su poco pelo se despeina.

Tortuga apenas distingue las líneas refractantes en el camino y algunos faros que circulan en dirección contraria. No dice una sola palabra. Sujeta el volante de nuevo con ambas manos y acelera.

11

Carolina resuella al acercarse a la autopista. Desde arriba, sosteniéndose de arbustos y piedras, se gira para ver la calle. Los niños del futbol desaparecieron. Quedan pocos billetes desperdigados; otros, giran por el monte. Varios vecinos están afuera, en el porche, corriendo de un lado a otro, recogiendo papelitos morados. Nadie la ve subir.

Brinca el listón de metal de la autopista. La niebla es densa, pero le permite ver del otro lado el resplandor rojizo del fuego y una columna de humo negro. Corre. No sabe hasta dónde será prudente acercarse. Primero distingue la camioneta Dodge verde con la caja deformada, casi en el aire, y atrás los destellos de plata de la camioneta de su marido, que arde.

No grita. Apenas murmura a cada paso que da con la respiración entrecortada por el trote.

—No, no, no, no.

Después distingue un bulto en el suelo. Apenas una sombra vaga que toma la forma de un cuerpo.

—No, no, no, no.

Aún tiene el teléfono en la mano con la llamada abierta. No quiere cortar la comunicación, ni sabe a quién marcar. Se detiene un momento y mira alrededor para ver si puede pedir ayuda. Escucha una canción antigua por debajo del claxon: "On days like these when skies are blue and fields are green / I look around and think about what might have been". Busca una sirena, una luz. Ve su calle opaca, su casa diminuta, los vecinos agachados, moviéndose como autómatas, la ciudad emborronada e indiferente hormiguea con normalidad.

La palanca de la trasmisión automática en reversa para salir de la cochera. Sabes a dónde vas. Tuerces el volante y aparece ante ti la cicatriz dorada que conecta todos los lares del mundo. El territorio se hace líquido ante ti. El pavimento es agua de oro en tu garganta. La geometría que succiona al movimiento y todo lo que cae a ella. Estás en una red donde, lo que palpita y sueña, toca las puntas de tus pies en los pedales. Hay una alegría extraña cuando pones la palanca en drive y arrancas: la sensación de que sabes a dónde vas y llegarás en el menor tiempo posible. Eres libre. El horizonte pardo de los cerros te muestra, uno a uno, sus secretos mientras avanzas, casi a ciegas, entre callejones reprografiados con un mapa en la cabeza. Sabes a dónde vas. Punzón de maquinaria que se calienta en la punta de tu pie. La ciudad entera se te entrega. No hay más respiración en el mundo que la del filtro que inyecta oxígeno en los cilindros. Te recargas y escuchas el rechinar de la piel del asiento debajo. Tu cuerpo, poco a poco, se amolda a la máquina. Algo te lleva a centímetros del suelo, dejas la mano derecha en el volante y con una semisonrisa desdibujada aceleras. Sabes a dónde vas.

12

Con el aire rompiendo en el metal y la cara, el Acerero no escucha el sonido del cuatro cuarenta de la Dodge verde que avanza entre la niebla. No logra distinguir nada más allá de los dos portafiltros cromados de los carburadores que sobresalen del motor cual animal bicéfalo.

La mano derecha entumida punza menos. Frente a él la hilera de rayas y boyas reflectantes en serie acompaña el trazo recto de la autopista entre las subidas y bajadas de la montaña. El hedor y el viento no lo dejan respirar. No se ve más que el contorno silueteado del cerro y unos pocos arbustos en la parte derecha y, de vez en cuando, unos faros que circulan en sentido contrario.

Entonces ve la sombra de la camioneta en el espejo. Cierra el carril para evitar el rebase y golpea la Dodge con la caja de la Syclone. Las llantas chirrían al luchar por el espacio debajo suyo.

Tortuga volantea dos veces. Recupera el control. Pierde velocidad. De una pechera extrae una Glock y desde la ventana del piloto dispara a la camioneta del Acerero. Sin parabrisas, la bala se pierde en el vacío. El corredor se encorva sobre el volante. Tortuga mira a Prieto: mareado, escupiendo sangre. Le saca el cartucho a la pistola y comprueba que no tenga balas en la recámara antes de dejarla en el suelo.

Colocado detrás de la camioneta plateada, se acerca. Percibe gasolina. Acelera hasta golpear la fascia trasera de la

Chevrolet. La empuja un rato, pero el Acerero exprime todo lo que tiene el cuatro cinco cuatro para no perder el control.

En el hormigón, junto a las rayas intermitentes del carril aparece en el suelo una línea roja. La rampa de frenado se aproxima. Quedan escasos kilómetros para la caseta de pago de la autopista. La franja escarlata inicia en el carril izquierdo. Un letrero ilegible en la velocidad y la neblina reza: PRUEBE SUS FRENOS. El Acerero hunde el pedal. La aguja se levanta rozando el límite en el indicador de temperatura. El aceite quemándose se mezcla con el aroma a combustible. El motor ardiendo responde con lo que tiene. La camioneta en picada y acelerando alcanza los doscientos sesenta kilómetros por hora. La marca en el suelo rápidamente se cruza a la derecha donde desaparece en el terraplén. Hay marcas de goma negra en el asfalto, como jeroglífico ilegible.

Varias hileras de boyas marcan la llegada a la caseta. Ni el Acerero ni Tortuga disminuyen la velocidad. Ante ellos se abre un espacio de cuatro carriles, aunque no ven los accesos de peaje, únicamente unos letreros amarillos fluorescentes con forma de flecha consiguen atravesar la blancura de la niebla. El Acerero se coloca en medio para interceptar cualquier intento de rebase.

Justo antes de llegar a las plumas, distingue una camioneta ese u ve detenida en el segundo carril. La Syclone apenas tiene tiempo de cambiarse al tercero. Tortuga se mueve al primero de la izquierda y acelera.

Ambos rompen las barreras de sus respectivos carriles. Un policía camina inquieto hacia donde están los trozos de aluminio tirados de las plumas. No pudo distinguir la marca de los vehículos. Después mira con atención el suelo y una línea de papeles cruza el carril de la caseta de peaje: son un montón de billetes morados. Recoge uno: es un billete de mil pesos.

Cuando se reincorporan al carril doble, la Dodge consigue meterse por delante, y con más caballaje y motor saludable, mantiene la delantera. Tortuga abre las fosas nasales porque le llega de nuevo el hedor a gasolina. Unos metros adelante lo sorprenden las luces intermitentes de un Valiant rojo al que apenas consigue sacarle la vuelta. La Syclone hace lo propio y por el aire rompiente no escucha el claxon que los reprende por la velocidad.

Después un doble remolque con el logotipo de una marca de leche les arroja una luz lateral que atraviesa lo blanco y los ciega momentáneamente. El Acerero cierra los ojos y siente el aire, el ruido, la gravedad que jala la camioneta hacia abajo, al pozo de la ciudad de Monterrey. Sabe que no podrá recuperar la delantera. La aguja de la temperatura está en el rojo. La presión se desestabiliza: sube y baja frente a él.

Al abrir los ojos siente esa tranquilidad que abrazan los que saben que van a morir. Aun así, acerca la pistola hasta pegarla a su cuerpo. Ambas camionetas continúan su marcha acercándose cada vez más a al último declive en curva en la entrada a la ciudad.

13

El doble remolque con el logotipo de una lechera se detiene en el carril de la izquierda. Algunos automóviles suenan el claxon. Otros le sacan la vuelta en silencio. La alarma de la reversa se enciende y traza una parábola invertida mientras introduce la caja a la cochera de una fábrica. Un portero sale a hacer indicaciones al chofer y solicitar, con espavientos, paciencia a los conductores.

En el interior de la cabina, el chofer escucha a todo volumen el vocerío previo a un partido de futbol.

Al final, después de corregir varias veces las curvas, para entrar al andén de carga y descarga, el tráfico se reanuda. Desengancha el primer remolque en una plataforma. Después cambia el andén para descargar la segunda caja.

Cuando apaga el tráiler se queda un momento en la cabina. Se truena el cuello, estira la cabeza desentumiendo los músculos. De la guantera saca un frasco con pastillas. Toma dos.

Baja de un par de brincos. Camina rodeando el tráiler por el frente. El portero se acerca.

—Oye, trae la lavadora, no seas malito.

—¿Otra vez?

—Creo que atropellé a un perro.

—Siempre es el mismo cuento, canijo. ¿No lo andarás haciendo adrede?

—Había mucha niebla. Ándale, no seas malito.

El portero se marcha. El chofer se queda mirando la fascia blanca donde hay un mechón de pelo y algo que parece piel adherida. También hay sangre en el rin de cromo. El trailero se quita la gorra y se mesa los cabellos. El portero regresa con la lavadora a presión y se la entrega al chofer.

—A ver —dice antes de que la encienda—. Pinche perro estaba grande. Te dobló la defensa.

El chofer se alza de hombros y le pide que conecte la manguera.

—¿A poco no lo viste? —vuelve a hablar el portero mientras camina al grifo de agua.

Como respuesta, el chofer se vuelve a alzar de hombros.

—Un día de estos te vas a echar un cristiano.

—Hazte a un lado, no seas malito.

Con el chorro de agua a presión riega el polvo de la parrilla, después la sangre y el pelo de la fascia. Dedica unos minutos al rin cromado con restos de sangre marrón hasta que queda limpio. Se mira en el reflejo, ojeroso y cansado. Cuando apaga la lavadora a presión, escucha aún al locutor en el radio, gritando la alineación del partido.

Después saca un billete de cincuenta y se lo da al portero.

—Acábalo de lavar, no seas malito. Déjame ver qué pesco para comer, porque me quiero regresar en calor a ver qué alcanzo a oír del juego.

14

Tortuga busca debajo del asiento hasta encontrar un estuche rojo. Dentro hay tres compartimentos con dos bengalas. Saca una. Mira por el retrovisor. Los faros de la Syclone en el carril izquierdo abren la niebla. Disminuye la velocidad hasta situarse donde la caja de la Dodge casi toca la parte frontal de la Chevrolet.

Baja la velocidad para obligar al Acerero a llegar a los ciento cuarenta kilómetros. Tortuga sostiene la bengala, listo para encenderla y lanzarla.

—Si la prendes aquí, nos vamos a llenar de humo —dice Prieto con un estertor.

Urdiales estira el hilo y después de un estruendo químico brotan chispas rojas. Aunque el conductor la saca afuera, la cabina se llena de humo y un hedor sulfuroso.

—Pendejo —murmura Prieto.

—Cállate el hocico de una vez, Richie.

Con la sonrisa reventada en los labios:

—Chíngatelo, Joaquín. Chíngatelo y te quedas con el dinero.

El tubo de metal de la bengala se pone al rojo vivo. Apunta lo mejor que puede y lanza el artefacto que traza una breve parábola antes de caer en el asfalto, desapareciendo entre la niebla, debajo de las llantas de la Syclone.

Toma la última bengala. Se cambia al carril derecho y modula el velocímetro hasta casi empatar las máquinas. Peste química: azufre y gasolina. No puede más que distinguir la silueta del Acerero. Tortuga quita la tapa y jala el cordón. Esta vez el humo y las chispas se estiran hacia afuera en línea recta, dejando una estela que se une a la niebla. Con la luz rojiza de las chispas ilumina el rostro del corredor, ensombrecido en una mueca sin significado.

Tortuga apenas extiende la mano y deja caer la bengala sobre el motor que apesta a grasa quemada. La gasolina en el barco de admisión se enciende con un flamazo que lanza por los aires una de las cubiertas del filtro de los carburadores.

El indicador de temperatura del motor se eleva de pronto hasta su límite. Después de unos segundos deja de marcar y la aguja cae hasta la zona más fría.

El calor le llega a las manos. No ve dónde cae la cubierta del filtro. No la escucha. Aprieta el pedal, exprimiendo lo último que le queda al nudo de acero en llamas. Aprieta para llegar por el impulso hasta la última bajada de la autopista.

El viento mete fuelle a las llamas que se avivan en la base. Del motor emerge humo negro de todos los hules, plásticos y grasa que consume. Una columna tóxica, que arde en los ojos del corredor, inunda la cabina.

Tortuga acelera y de nuevo se coloca frente a él. A través del retrovisor ve a la Syclone en llamas como un carruaje apocalíptico descendiendo de una nube. El viejo Prieto, con un hilo de sangre saliendo del labio hinchado, tiembla y gime un nombre en susurros.

—¡Todo esto! —exclama con su voz convertida en dos hilos de cobre—. Todo esto estaba destinado a pasar, Joaquín. Me has hecho tan feliz.

Tortuga lo ve. Sin hablar se inclina sobre él y alcanza la manija de la puerta del copiloto. Prieto tiene los ojos cerrados en todo momento. Cerca de él se da cuenta que murmura una letanía enferma: una especie de oración al sol. Acciona la palanca y aunque el viento no deja que se abra la puerta por completo, es suficiente para que de un empujón el viejo Ricardo Prieto salga de la cabina.

Besa el asfalto con la cara que se le despelleja en un raspón escarlata, gira un par de veces, reventando varios huesos, antes de que la llanta trasera de la Dodge le pase por encima de una rodilla, descoyuntándola.

El Acerero no ve nada; apenas consigue mantenerse en el centro del carril, vigilando las orillas de la carretera.

Prieto termina en la fascia delantera de la Syclone. La parrilla se abolla cuando visita la cabeza del viejo y la hace jirones. Las llantas lo machacan. Todavía después de pasarle por encima, el cuerpo gira tres veces más sobre sí mismo hasta quedarse quieto, revuelto como una bolsa de basura. La sangre tarda en manar al suelo y apenas deja una huella breve en el sitio donde expira, antes de que un tráiler de doble remolque con logotipo de lechera pase sobre él, dividiéndolo en dos. El Acerero le exige más al cuatro cinco cuatro. Las manos al volante se sellan como carne asada en una parrilla. Busca en el hueco detrás del asiento del pasajero. Revuelve hasta encontrar una botella de aceite de transmisión. La destapa con los dientes y vierte el contenido en el dorso de la mano.

Las llamas derriten el cuerpo del barco. Uno de los carburadores se licúa. Las gargantas de magnesio se cierran dejando caer gotas de metal en el interior de la admisión y colándose hasta el cilindro a través de las válvulas. El aluminio no se quema en las cámaras de combustión. Se acumula en los cilindros en cada subida y bajada de la biela, embarrando la camisa y los anillos. Una de las gargantas se colapsa. El motor pierde fuerza. Deja de entrar gasolina y la falta de combustión enfría las cámaras. Apenas se espesa el aluminio y se adhiere a la pared del cilindro y el pistón.

Después se detiene.

No hay suficiente aire con un solo carburador. Se hace silencio blanco en torno a la camioneta. Apenas se escucha el chasquido de los bulbos que estallan por la temperatura. El Acerero, embarrado de aceite rojo, gira el encendido, pero los cables de la marcha están chamuscados. Los faros al frente se apagan. Enciende las intermitentes, pero tampoco funcionan. La Syclone queda a la deriva en la pendiente en el último tramo de la autopista. Se aproxima a la última vuelta. A su derecha debería ver los reflejos grisáceos de Santa Catarina, pero la niebla lo cubre todo. El fuego baja un poco sin gasolina en los carburadores. El corredor no ve más allá de las llamas.

15

Las luces de la máquina iluminan el rostro de la Muerta. Tortuga apura un trago de cerveza y mira distraídamente las hileras de tragamonedas que palpitan con luz y música. Un puñado de clientes, reducidos a sombras encorvadas, las trabaja tecleando frenéticamente en la pantalla.

La Muerta acomoda figuras de joyas y barriles de pólvora. Tortuga se encuentra en la orilla de la migraña. El ruido, el ambiente titilante, la cerveza que se calentó en la mano, lo marean.

—Yes! ¡Mira eso!

Él se asoma a la máquina, aunque no entiende nada de lo que ocurre, ni por qué la emoción de la mujer.

—Look!

Ve un contador que se dispara hacia arriba. Se detiene en un número que es el triple de su sueldo de un mes en la Policía Federal.

—Vaya —dice la Tortuga—. Cóbralo.

—Why?

—Venga, cóbralo. No tientes a la suerte.

La mujer lo mira con una mueca a modo de sonrisa. Vuelve a apostar el dinero. Aprieta los botones y las joyas danzan en la pantalla. Cuando se detienen aparece una gran equis roja y el contador regresa a cero. Tortuga aprieta los dientes y deja caer el vaso de cerveza.

—Te dije que lo cobraras.

La Muerta despega la cara de la máquina y observa a Joaquín para ver si está enojado de verdad.

—It's for the fun! —dice ella.

Él toma conciencia de que pierde los papeles. Suspira. Suda a pesar del aire acondicionado del lugar.

—Lo siento —intenta sonreír—. Es que no me gusta perder.

Ella le regresa el gesto. Después le acaricia la mano y dice:

—Es sólo un juego.

Tortuga necesita un cigarro.

—Voy al baño.

No espera contestación. Sale por el pasillo flanqueado por resplandores y el sonar atrofiado de miles de máquinas. Detesta sentirse así. Esa especie de vaivén emocional donde, de un momento a otro, pasa a estar a años luz del lugar en el que está con ella. Como si presintiera que debe realizar un esfuerzo magnífico para poder retenerla. Al cruzar la puerta al exterior ya tiene un Raleigh en la comisura. En el vestíbulo, frente al estacionamiento, hay tres hombres. Uno que acaba de terminar su cigarrillo y lo apaga en una maceta con una planta artificial. Y otros dos que discuten en voz baja.

Tortuga enciende el tabaco, aspira una larga bocanada y escupe al cielo. Mira atentamente el horizonte de rascacielos a medio construir con un fondo de pizarra de neón rojo. La capa de nubes refleja las arterias de luz de la ciudad y el chasquido intermitente de un motor flagelando la noche.

Experimenta el nerviosismo de un adolescente estúpido. No le gusta perder, pero cada vez tiene menos. Los hombres junto a él levantan la voz:

—... entiende, tú sólo vas a guardar el dinero. No tienes que hacer nada más.

Tortuga los mira. Uno es un viejo vestido con ropa deportiva. El otro es más joven, con el pelo hasta los hombros, moreno y viste una chaqueta de mezclilla que cubre una camiseta de un club de futbol.

El viejo nota que levantó demasiado la voz. Siguen hablando, pero más quedo.

Tortuga escucha el reverberar de una motocicleta en la calle. De pronto se siente bien, como si el aire purificara su ebriedad. Entiende lo que debe hacer. Reconstruir, formar, tener algo para perder.

Recuerda la carpeta y que el viejo pagaría bien por ella. Y ahora más que nunca ocupa dinero.

Sigue fumando cuando la Muerta aparece.

—There you are!

Cuando se acerca le quita el cigarro de los dedos y le da una calada larga. Él sonríe.

—¿Al fin contento?

—La verdad es que no me gustan los casinos.

—No le gustan a nadie que no quiera perder.

Él ensancha la sonrisa y ríe un poco.

—¿De qué te ríes?

—Se me ocurrió algo.

—What?

—No sé…

—¡¿Qué?! —insiste ella.

—Un plan…

Caminan hacia la Chevrolet negra estacionada entre una hilera apelmazada de carrocerías brillantes. Ella lo abraza. Le gusta sentir su cuerpo, pero más le gusta ese temblor púdico de niño pequeño que le asalta a ese hombre cuando lo besa. Le provoca cierta ternura, porque sabe que lo abochorna. Sin embargo, tiene la certeza de que sus caminos están a punto de separarse. Experimenta incluso la tentación de decirle que en cuanto pueda cruzará la frontera, que tiene muchas cosas esperándola allá y no va a permitir echar raíces en esta ciudad hedionda. Pero no lo hace. A pesar de saber que ya han estado lo más cerca que nunca estarán, y que a partir de ahora empiezan a alejarse lentamente, lo abraza más fuerte y sonríe. Él también lo hace.

—¿Y yo estoy en ese plan?

—Sí —dice Tortuga y su sonrisa se adelgaza hasta convertirse en una cicatriz.

16

Un rayo de luz opaca penetra la capa de niebla. El cerro calcáreo del cañón de la Huasteca deja ver las crestas resplandecientes y algunas nubes que circulan entre los arbustos de las estribaciones. Tortuga ve delante de él la gran curva que, en un puente largo e inclinado, lleva a la avenida Morones Prieto.

Suelta el acelerador. Se detiene en medio de los carriles y jala la palanca del freno de mano. Un auto pasa en sentido contrario. Tortuga abraza el cinturón de seguridad y pone los brazos en cruz sobre el pecho.

Al salir de la niebla lo único que el Acerero ve detrás de las llamas atenuadas por la falta de gasolina es la tapa verde de la camioneta que reza en letras mayúsculas: DODGE. Aprieta el pedal del freno, pero no sirve de nada. Golpea en seco y con fuerza, levantando la parte trasera e introduciendo la mitad de la Syclone por debajo de la caja. Avanzan una decena de metros empotrados en el estruendo. Chocan contra el muro que separa los carriles, arrastran los bloques de concreto. Después rebotan al centro de la autopista. Vuelan chispas cuando el metal rasguña el asfalto.

Tortuga golpea el cristal de la ventanilla con la cabeza, después el volante. El parabrisas de la verde se deshace en una constelación plateada sobre el negro. Un montón de billetes de la mochila que aún no se habían regado durante el camino, salen volando por el aire. Al Acerero lo detiene el cinturón de seguridad, pero el interior de la cabina se comprime de súbito a su alrededor. El metal le muerde las piernas. Su celular y el arma saltan despedidos contra el tablero para caer en el minúsculo hueco entre el asiento y la guantera.

El incendio no se detiene. Arde en chasquidos el metal que se dilata. Los dedos se deforman de apretar el volante. Los tendones del pulgar izquierdo se revientan. En la confusión, el corredor apenas masculla un mugido de dolor por el plástico que le comprime las rodillas.

Las máquinas, avanzando con los chasis fundidos, al final se detienen y suena uno de los cláxones pegados, llenando todo el lugar con un alarido eléctrico. La radio de la Dodge se enciende y comienzan los acordes de "On days like these": "Questi giorni queando vieni il bell sole / Lara la lá, lara lará, lara la lá". El Acerero hace un amago por buscar la manija de la puerta, pero se encuentra detrás del asiento. Apenas halla espacio para moverse entre el respaldo y el volante, casi hincado en el pecho. El cinturón le ahorca. Ansía enderezarse empujando con las piernas, pero el dolor se lo impide. Las rodillas le pellizcan los nervios. Las llamas, frente a él, sin el viento que las amenace, crecen debajo de la Dodge. Escupe una bola de sangre. El dolor de cabeza le martillea por detrás de una cuenca ocular; la mano embadurnada en lubricante y envuelta en un trapo caliente se le figura como una especie de trozo de carne en la obscena condición de lo crudo.

Intenta alcanzar el teléfono. En la contorsión los huesos supliciados suenan a cascabel molido. Desde donde está ve brillar la pantalla del celular y ve el nombre: Carolina. No escucha el timbre, pero imagina que está ahí. El claxon sigue sonando. Intenta de nuevo empujar la portezuela. Quizá pegar un grito con el nombre de su esposa, deseando que desde donde esté lo oiga. Desesperado, golpea el volante con la intención de que se calle la bocina, pero no lo consigue. Por eso no escucha cuando Tortuga, maltrecho, con el cuello adolorido, tres cortes en la frente, una herida enorme en el borde de la ceja y un ojo con los vasos sanguíneos rotos, abre la puerta de su camioneta de una patada y de un salto pisa la carretera con su rifle automático Bushmaster en la mano derecha, y por debajo de la nota perpetua del claxon: "It's on days like these that I remember / Singing song and drinking wine / While your eyes played games with mine".

17

La línea recta es un magneto que borra la periferia. En el rango de visión sólo existe esa cinta negra que mapea el territorio cual cicatriz con la sutura intermitente del blanco. La Caddy en esas rectas alcanza los doscientos cincuenta kilómetros por hora. El viento, que corre libre sin montañas, escora la camioneta hacia los lados. Por instantes el vehículo visita el aire con un resoplido del cuatro cilindros. La línea de asfalto apenas muestra su falsa geometría en los peraltes y baches que recuerdan que esa carretera no es un sueño matemático. El gobierno de la pick up apenas ocupa leves correcciones para mantener el pautado avance en sincronía, como una línea de producción rítmica. Para Kanjo, el paisaje no es más que repetición, toda montaña una escenografía repetida para poner fin a la mirada que se resbala en el horizonte. Lo único verdadero que se puede tocar y hendir y transitar es el asfalto. Sólo eso existe. Kanjo experimenta la ambición secreta de entender súbitamente el latido expansivo del universo, la paradoja del movimiento en lo infinitesimal, la razón de la quietud de las cosas. Abomina de las cosmogonías occidentales que intentan explicar, a través del mito, el movimiento. Primer motor en Aristóteles. Dios en Santo Tomás. No son capaces de entender que lo que se tiene que explicar en el mundo es la quietud: la breve reconciliación del ser consigo mismo antes de caer en la multiplicidad. Esta equivocación fundamental es la piedra de toque en donde Occidente construyó el monumento hueco de su metafísica. A lo que aspira es, al contrario, a desaparecer. Kanjo sabe que su existencia está ahí sólo para que la Caddy circule y no al revés. Su aspiración es encontrar una órbita en donde el movimiento se vuelva perpetuo y uniforme. Alcanzar la inmaterialidad y persistencia de los objetos celestes. Aunque reconoce que poco a poco su cuerpo le irá pidiendo, en su corruptibilidad, el descanso y las necesidades propias de lo perecedero. Mientras tanto avanzará todo lo que pueda como los caballos que, aunque estén a punto de morir, galopan escupiendo sangre. El Aro, la pista es ahora más grande. Tose. Se aclara la garganta. Traga una flema. Hay un letrero verde que no lee: CIUDAD CASTAÑOS, CINCO.

18

Tortuga baja de la Dodge con su Bushmaster en la mano. Da un traspié y casi cae al suelo. Aturdido, se recarga en la camioneta verde. Jala aire. El cinturón de seguridad lo molió por dentro. Se escucha el "Lara la lá, lara lará, lara la lá" de Matt Monro en la bocina. Estira el cuello. Levanta el rifle y con el ojo en la mira se acerca a la Syclone, dispuesto a disparar a la primera amenaza que vea en la cabina.

La camioneta plateada, contrahecha como un acordeón debajo de la caja, apenas muestra signos de peligro. El Acerero está tumbado sobre el volante de la pick up y lucha por mantener la cabeza erguida. Le sangra la frente y la boca. La Tortuga baja el rifle. No dice o hace nada. Se limita a verlo. Sin poder hablar, el corredor levanta una mano con la intención de señalar algo en la parte inferior de la caja de la camioneta. No lo consigue.

El sonido del claxon lo llena todo. El Acerero intenta hablar, pero desconoce si su pecho puede articular palabra alguna y si sería lo suficientemente fuerte para que oyera por encima del berrido eléctrico. Ve billetes caer al lado del hombre con el rifle. También hay unos dentro de la camioneta, manchados de sangre, adheridos al asiento o quemándose en el motor. De nuevo levanta la mano para apuntar al tanque de gasolina de la Dodge que está justo arriba del incendio del cuatro cinco cuatro. Y mientras tanto, intenta dar alcance al celular que vuelve a sonar. Extiende la mano y lo primero que roza con las dos uñas que le quedan es la culata del Smith & Wesson inservible.

El cortafuego del motor cede y en el tablero, frente al volante, se derrite una gran porción de plástico que cae al fondo en medio de una apestosa bola de humo negro. Tortuga husmea en la caja. Golpea el metal de la cabina y masculla maldiciones. El Acerero intenta incorporarse de nuevo, pero el asiento lo tiene pegado al volante. Una llamarada escala a centímetros de su cara. Al mirar el fuego bailando ante sí, se percata de que sólo ve a través de uno de sus ojos. Las piernas le arden y poco a poco goterones de plástico derretido le caen sobre el pantalón.

—Estoy hasta la madre de perder —dice Tortuga, pero nadie lo escucha por el sonido del claxon.

El Acerero entrecierra los ojos. Alcanza el celular. El aparato vibra. Pero no contesta. La mano envuelta en trapos y aceite, casi un muñón, lo acerca y lo deja junto a sus pies. El calor le seca el rostro como carne desjugándose. Con un gesto le hace saber a la Tortuga Urdiales que no lo escuchó.

Tortuga baja el rifle y se acerca a la camioneta. Casi en el oído dice, sin gritar:

—Digo que estoy hasta la madre de perder.

El Acerero cierra los ojos. El pelo le huele a quemado. Tortuga se aparta. El fuego ataca toda la parte frontal del tablero. Sin hablar, con la mano derecha, el corredor forma una pistola con la mano y se apunta a la sien.

—No.

Tortuga se cruza de brazos.

—Te vas a morir en la misma troca que la mataste, hijo de tu puta madre.

El Acerero no puede evitar recordar a Marlén Urdiales, madre de Archibaldo, esposa de Joaquín, reventada en el parabrisas de su Syclone, mientras que, con la mano oculta casi debajo del asiento, toma el revólver y lo aprieta con los músculos y tendones deshechos, como si quisiera exprimirle una bala.

Tortuga se acerca para no tener que gritar.

—Eso sí, te lo reconozco. Te mueres como un pinche gallo. Sin hacer ruido. A todos los gallos de Archibaldo les torcí el pescuezo y ni pío.

Truena su cuello y lo masajea un poco. Mira alrededor, saca un Raleigh y enciende el cigarro con las llamas que ya derriten los indicadores de velocidad. El Acerero intenta patear por abajo el cortafuegos. Sus piernas parecen estar dentro de un horno. Aprieta los dientes. El fuego le abre, una a una, las capas de la piel.

—No importa que te esté llevando la verga. Aguantas callado.

Reinicia la llamada. Tortuga jala humo del cigarro y lo escupe al cielo blanco. La bocina sigue sonando. Los chasquidos del metal y del plástico que se funden resuenan cual leña en una hoguera.

Ambos saben que ya no hay nada que perder. Después sopla sobre un billete que había aterrizado en su hombro. Vuela dando vueltas hacia abajo. Oyen el motor de un vehículo. Tortuga se lleva la mano a la empuñadura de su arma y voltea a la neblina con el cigarro pendiendo de la comisura de la boca.

19

—Pues vamos dándole, aunque sea despacito, porque tampoco es buena idea quedarnos aquí parados con esta niebla.

El Valiant avanza lento en medio del blanco rodeado del parpadear amarillo de las intermitentes. La Borrega, al lado del conductor, guarda un par de billetes de mil en el bolsillo de su camiseta. Arruga el rostro con una mueca al mover el brazo. El hombre da una calada al cigarro electrónico y cuando se saca la boquilla:

—Ya no cayeron billetes. Ni modo. A uno no le va a caer la solución del cielo, como si dijéramos.

En medio de la niebla suena con claridad el claxon pegado.

—¿Oye eso? No se ve ni madres. Se han de haber dado un santo madrazo. Desde hace tiempo que en esta ciudad no se ve ni madres. Antes de ser policía fui muchas cosas. Una vez tuve un yonque aquí cerquita. Igual tú que tienes grúas lo conoces: El Palacio de Fierro. ¿Le suena?

La Borrega asiente sin hablar.

—Si quieres tómese otra pastilla. Te puede caer mal en la panza, pero sí se ve muy amolado. Tómesela y luego se echa un taco. Ah, pues yo tenía ese negocio hasta que cayó Profepa. Llegó un pinche ingeniero orejón que todavía tenía los bigotes de leche en el hocico, el hijo de su puta madre. ¿Cómo ve lo que le digo? Y se puso a revisar todo el lugar diciendo puras pendejadas y apuntando lo que veía en una libreta. Me dio un coraje. Total, al final me dijo que me iba a cerrar.

Poco a poco eleva la voz porque el sonido de la bocina también sube. A su lado circula un carro en dirección contraria, que parpadea las luces altas. La niebla deja ver trozos del cerro.

—Y le dije que se fuera a chingar a su madre. Que nomás venían a chingar porque uno es pequeño y jodido. A los grandes no los tocan. Esos que sigan envenenando el aire, echando mierda por la coladera, quemando grasa en la madrugada. A esos no se les toca. Vienen a joder al que quiere hacer el menor de los males, como si dijéramos. Como si hacer dinero no fuera ya malvado. Y en la calentura le dije que fuera a ver a la Fundición Cóndor —hace una pausa para llevarse el cigarro a la boca—. "Revise los filtros de las chimeneas, vea lo que queman por las noches, lo que funden de día". Me dijo que si quería hacer una denuncia y yo… ¡A la chingada!

La niebla deja ver el choque de la Syclone y la Dodge. Tortuga, con un hilo de sangre bajando de la frente y empapando su camisa, voltea directo al Valiant y el conductor y la Borrega ven el Bushmaster Masada en la mano. También los billetes de mil en el suelo que a cada soplido de aire caminan un poco por la cuesta.

—No lo vea fijamente —mientras habla, el vapor le sale espeso de la boca.

Pasan a escasos centímetros de él. Con la ventanilla bajada, la Borrega siente el calor del incendio y huelen la quemazón de metal y plástico. El sonido del claxon llega a su punto límite, rebotando en los cerros cual aullido de un animal moribundo. Durante un momento vislumbran el cuerpo supliciado del Acerero, quien levanta la mano blandiendo, en medio del fuego, un objeto que no reconocen. Alcanzan a oír a Matt Monro: “And then I hear sweet music float around my head / As I recall the many things we left unsaid”.

Pasan despacio y cuando los rebasan:

—¿Qué chingados? —pregunta la Borrega.

—No voltee. Mire al frente. Márquele a la policía y dígale lo que vimos, pero que no nos vamos a quedar.

—¿Qué les digo?

—Que hay un accidente y gente armada.

—En una de esas es un policía.

—¿Cómo va a ser un…?

La oración se quiebra con el sonido de una serie amalgamada de disparos, como si un liacho de balas saliera pisándose unas a otras los talones. El estampido suena a barreno contra el cerro afilado.

—No voltee, chingado —vuelve a decir el conductor.

—Ya no se ve nada. Aunque voltee, ya no veo nada —responde la Borrega mirando a través del parabrisas trasero cómo la línea de la curva y el blanco deja todo atrás.

20

El Valiant rojo aparece entre la neblina. Tortuga levanta el rifle hasta dejarlo a media cintura y mira fijamente a los tripulantes. Son apenas siluetas. El conductor tiene un cigarro electrónico en la mano, suspendido a medio camino de su boca. Circulan despacio, con el chasquido suave de los neumáticos sobre el asfalto y la grava suelta. Los pasan y siguen adelante.

El Acerero, mientras le da la espalda, levanta el arma hasta alcanzar con ella las llamas que arden frente a él. Con la mano derecha entumecida por el dolor y el fuego, envuelta en el sudario de grasa, consigue mantener el arma en el calor. No puede evitar contar empezando por el uno. Aprieta los dientes. Estira los labios hacia atrás. La pistola adquiere un tono azul.

Tortuga ve el Valiant perderse en la vuelta y al girarse sobre sí mismo ve el Smith & Wesson púrpura en el fuego y el rostro concentrado del Acerero y, antes de poder entender lo que pasa, la cuenta mental llega a doce y el cañón de la pistola se dispara. La bala perfora el ojo izquierdo de Urdiales, que cae al suelo. Antes de soltar el arma, casi apelmazados unos con otros, los seis tiros se vacían del tambor, reventando el revólver.

Su mente sigue contando. Cuando llega a veinticinco piensa que debería marcar a su mujer. El claxon sigue en lo suyo, pero después del disparo es sólo un murmullo en el fondo de su cabeza. Mira el tanque de gasolina que pende a unos metros de él, ya limpio de grasa y tierra, que gotea sobre las llamas. Al llegar a treinta y cinco, con lo que queda de su muñón chamuscado golpea la pantalla del celular. Lo oprime varias veces esperando a que ocurra algo. Apenas puede ver el teléfono desde el asiento. Cuando alcanza cuarenta y cinco, sin todavía poder marcar, ensaya una palabra en la boca: *Carolina*. No sale más que un gemido gutural. Cuando llega a setenta y dos, finalmente entra la llamada. No escucha el tono de marcar. Sigue contando. Enumera las exhalaciones de su pecho. Al contar noventa, escucha murmullos, pero no puede distinguirlos. Imagina que es su mujer al teléfono, pero podría ser cualquier otra cosa. Desde donde está, aún ve la marca en el parasol donde murió Marlén, la esposa de Joaquín "la Tortuga" Urdiales. Ve sus ojos pintados en los bajos de la Dodge, como si estuvieran ahí desde siempre, esperando verlo de nuevo, sorprendidos aún por la velocidad con que todo termina. "Esto es un muerto", piensa. Vuelve a escuchar los cuchicheos. Algo se mueve en la caja de la camioneta.

Quisiera ver el cerro. Cierra los ojos. La cuenta ya va en ciento cuarenta. Quisiera ver los cerros sin la neblina, pero apenas entra un hilo de luz. Llega hasta ciento ochenta y seis.

21

El Acerero se detiene un momento para tomar aire. Usa de asiento un automóvil que acaba de esquivar sobre la banqueta. El sol difuso recalienta la calle en donde sobrevive un silencio en el mediodía blanco, roto ocasionalmente por el berreo industrioso de un camión de ruta y el silbato de un policía dirigiendo el tráfico frente a la estación. Aparte suenan tenues los metales de las muletas.

Frente a él, cuando se decide a andar de nuevo, se estaciona un Valiant color rojo. El conductor se inclina sobre el asiento y baja la ventanilla.

—Buenas tardes, ¿a dónde va, amigo?

El Acerero mira hacia el frente y calcula la distancia que la resolana multiplica.

—A la refaccionaria de Manuel Ordóñez.

—Súbase. Lo acerco.

—Así está bien, muchas gracias.

—Súbase —repite el hombre y abre la portezuela.

El Acerero simula pensar. Acomoda una muleta en el espacio de las piernas, luego se sube trastabillando, después la otra muleta.

—No era necesario, pero gracias.

—No hay de qué. Yo voy por el rumbo y, aunque no parezca, el tiro no está corto, como si dijéramos.

—Ya lo he caminado antes. Lo que me preocupa es la vuelta con las refacciones, pero ahí veo cómo le hago. Y pues con este calor, mejor cuidarse.

—Claro. Imagino que con las muletas debe estar pelón, ¿no?

—Me la pela.

El hombre se ríe. Mientras arranca, saca de entre los recovecos del automóvil un cigarro electrónico y le da una calada.

—¿No le molesta?

—Ni aunque fuera de mota.

—Es que ya la gente hace un escándalo por todo, ¿cómo ve lo que le digo?

—Yo creo que todos en esta ciudad moriremos de cáncer.

El hombre vuelve a reír.

—Qué bueno que le di raid. Uno no platica con gente así todos los días.

—¿Cómo gente así?

—Pues echada para adelante. Platicadora y pues...

—Y coja.

—Pues sí. La verdad por eso me detuve, porque lo vi muy amolado con esas cosas.

El Acerero, recargado sobre el aluminio de las muletas, se incorpora.

—Nomás me ayudan a caminar. Son como un carro.

El hombre no contesta de inmediato. Da otra calada al cigarro.

—Sí. Son más o menos lo mismo. Pero está cabrón andar en esta ciudad a pata, como si dijéramos.

—Sí tengo una camioneta, voy a la refaccionaria para comprar unos empaques para terminar el motor.

—Ah, ya, ¿lo reparó?

—Le cambié todo el motor.

—¿Es mecánico? No le vendría nada mal una afinada a este mugrero.

—Se me hace que ocupa anillada, y quién sabe. Apenas destaparlo a ver si no hay que abrir los cilindros y meter pistones en medida.

—Ya me asustó, oiga.

—Es que humea mucho. Pero así jala un rato. Yo no soy mecánico, pero a los carros viejos se les sabe fácil. Los nuevos ya no, con sus pinches sensores y computadoras. A esos ya no le entro.

—Sí, sí anda humeando —responde el hombre con el cigarro electrónico en la boca, escupiendo vapor espeso por la nariz.

Guardan silencio un rato. El Valiant circula junto a una línea de casas pintadas con colores chillones. Todos los edificios están cubiertos con una capa de polvo adherido a las ventanas y los rincones. Los tonos se borran, el sol difumina, los cerros son una sombra parda. Se detienen ante un semáforo. El hombre tamborilea los dedos en el volante. Da otra calada al cigarro. Mira a su alrededor y con un gesto apunta a un Oxxo.

—Antes ahí había un parque. Me acuerdo porque ahí salíamos mi primera novia y yo a dar la vuelta agarraditos de la mano. Nomás dábamos la vuelta a la plaza. Sin hacer nada más, ni comprar nada, ni comer nada y ahora hay un Oxxo.

—Aquí ya cambió todo. Me acuerdo de cuando no había guardaganados en la Huasteca y los burros silvestres llegaban hasta la Infonavit. Una vez un vecino, un sábado, mató un burro a machetazos para hacer barbacoa. Yo creo que andaba pedo porque el primer machetazo se lo dio en la calle. Toda la semana olió a sangre de burro.

—No he probado la barbacoa de burro.

—No se pierde de mucho.

—Pinche ciudad, está creciendo por sin ningún lado, como si dijéramos.

—Mejor. Que crezca como las matas. Ya si hace falta, después la podamos.

El hombre se ríe.

—¿De qué se ríe? Lo digo en serio. Yo sé que hay gente bien preocupada por los arbolitos, por los edificios viejos o los parques pedorros. Pero a mí ya me está cargando la chingada. Al rato me sacan de mi casa. Pinches parques y árboles me valen madre.

—Ya. Es que a uno de viejo le cambian los intereses, ¿cómo ve lo que le digo? Yo también he andado hasta la madre. Dando lástima. Trabajé en Fundidora de obrero y un buen día ya nomás no nos dejaron entrar. No nos dieron ni una patada en la cola.

—Me sé la historia. Y sé que a toda la raza del sindicato nadie la quería. Pues así me pasa a mí desde esto —el Acerero se da golpes en la pierna izquierda—. No hay jale para uno. Y ya después de un tiempo dejé de intentarlo. Mejor me busco la vida por mi cuenta. Con fierro, mecánica y refacciones. Le digo. Para mí la ciudad se puede ir a la chingada, mientras esto no se deje de mover.

El Valiant tose en marcha mínima.

—Lo que va a dejar de moverse va ser esta chingadera.

—Límpiele el filtro del aire. Debe ser eso.

—Igual será porque uno está jubilado, pero...

—Sí. Se les olvida la chinga, el trabajo y el odio, pero acá sigue. Mejor que la ciudad crezca, que la derrumben y la vuelvan a levantar. Más jale. Más dinero. Que se mueva algo allá arriba y algo nos irá cayendo a los de abajo.

El hombre no dice nada un momento; masca la boquilla del cigarro electrónico.

—Algo nos caerá, sí.

—En chinga.

—Como almas en pena, como si dijéramos.

—Como si nos llevara el diablo.

De nuevo se forma un silencio entre ambos. El chofer va a decir algo, pero en lugar de eso se mete la boquilla del cigarro electrónico y boquea una voluta de humo. Finalmente habla:

—Pues a mí a veces me da la sensación de que nada se mueve.

El Acerero no responde. Mira por la ventanilla y se propone guardar silencio. En la calle hay dos hombres sentados comiendo. No falta mucho para llegar a la refaccionaria. Voltea a ver al hombre que tiene la mirada perdida en un punto más lejano que la calle frente a él.

—Ya vamos a llegar —anuncia el hombre—. ¿Cómo le va a hacer para volver?

—Ahí veo cómo le hago —responde el Acerero sin mirarlo.

22

—No, no, no —sigue diciendo a cada paso Carolina.

El cuerpo, ahora lo ve, es el de su vecino Joaquín. También distingue las dos carrocerías empotradas. Corre con todo lo que le dan las piernas. Intenta acercarse a la camioneta, pero el fuego intenso la detiene. Rodea y se aproxima por la caja, donde las llamas aún no calientan tanto, pero tampoco lo consigue. Hay unos pocos billetes en la orilla. Nada más. Oye música debajo del claxon.

Envuelve su mano en la camisa e intenta abrir la puerta, pero está trabada. Ve el cuerpo envuelto en llamas de su hombre. No se mueve. Está volteado mostrándole la nuca enrojecida y negra. Patea la lámina. Se cuelga de la manija. La mano arde. Las llamas calientan el tanque de gasolina.

De pronto un rugido de máquina. De entre la niebla aparece un tráiler con doble semirremolque a toda velocidad. Apenas emerge, aprieta el pedal del freno. Las llantas chirrían, los frenos de aire resoplan para empujar las zapatas contra los tambores de hierro. El metal encandece. La mujer, asustada, hace el amago de retirarse, pero se queda en medio del camino. El Kenworth, con logo de empresa lechera, se detiene por completo y resuella como un elefante melancólico.

Antes de poder reaccionar, ve una bola de fuego que se expande en todas direcciones. Una ola de calor que le quema por dentro cuando respira. Se deja caer en el suelo. Tiene la orilla de la ropa chamuscada y olor a pelo quemado. Sólo entonces se detiene el sonido del claxon.

Entre la niebla que camina suenan las cuerdas y voz de Matt Monro, como una alucinación: "I'd like to think you're walking by those willow trees / Remembering the love we knew on days like these".

El asfalto está en llamas gracias a la gasolina que escurre. Carolina se incorpora y ve al Acerero entre una cortina de fuego que se mueve y crepita. Tortuga tiene el pantalón de mezclilla salpicado de incendio. La mujer recoge su teléfono del suelo que, en algún punto, se le había caído. La llamada con su hombre sigue abierta, marcando seis minutos con cuarenta segundos. No sabe qué hacer. No quiere colgar. El chofer del camión no baja. Mira alrededor por si ve o escucha una sirena que esté acercándose desde la ciudad. Un automóvil pasa en sentido contrario, a baja velocidad, mirando el incendio en medio de la niebla. Tampoco se detiene.

Las camionetas arden con tañidos metálicos. Ella mira la pantalla del celular, después a la ciudad blanca que le ofrece la impasible rotación ininterrumpida, hasta que se difumina en el humo del horizonte.

23

Los niños sentados bajo la sombra de la pared miran el interior de la mochila deportiva verde con asas amarillas.

—¿Y viste al muertito?

—Pues no mucho. Nomás agarré la bolsa y me fui.

—¿Cómo estaba?

—Ya ni tiene dinero.

—Nomas ese pinche libro.

—A ver.

Los niños abren la carpeta donde ven dos hombres abrazados. Abajo, con letra manuscrita dice: "Le Mans, mil novecientos cincuenta y cinco".

—Par de jotos.

Cuando giran la página ven un automóvil chocado y un tripulante muerto.

—¡Mira, a ése se le salió todo el mole!

Apunta al cráneo que vertió todo su interior en el hormigón. Juan Pablo, lejos de ellos, sigue jugando con el balón a dominarlo. Los vecinos en la calle rebuscan en todos lados papeles púrpuras.

—¿Ya no vamos a jugar?

—Al rato. Espérate.

—¡Mira ése!

Sueltan más risas ante un cuerpo retorcido, enredado en el eje debajo de un tractor. De pronto, arriba un frenón de tráiler, bramando como toro, después una explosión.

—A la chingada.

Algunos alcanzan a ver el flamazo. Unos vecinos miran arriba con desinterés, después siguen rebuscando entre los arbustos.

—Ya tronaron.

—Vamos a ver.

—N'hombre qué hueva. Ya no quiero subir otra vez.

—Ah, chécate ése.

En la fotografía, un cuerpo semidesnudo está colocado sobre una camioneta Dodge verde, mirando fijamente al objetivo de la cámara.

—Se parece al loquito de los gallos.

—Sí se parece.

—Joto es lo que parece.

Unos se ríen. Juan Pablo finalmente se acerca.

—A ver —dice mientras el balón rueda cuesta abajo.

Desde que te suenan las llaves en la mano, algo te cosquillea en el estómago. Abres la puerta, entras, te detienes un momento para oler la camioneta y sus aromas sintéticos y orgánicos: el plástico y el aceite; la goma y la piel; la gasolina y el aromatizante a pino. Introduces la llave en el interruptor. La alarma suena dos veces porque aún no has cerrado la puerta. Lo haces despacio para escuchar la goma y la chapa que se acarician. Antes de girar la marcha, estiras el cinturón de seguridad y miras los tres espejos que tienes ante ti. Ahora eres un animal que gobierna todo lo que ocurre a tu alrededor. Oyes algunos niños que juegan lejos. Miras tu casa, pequeña, modesta, blanca, única. Todos los puntos que conectan las distancias existen para que los transites. El sol pálido lanza destellos entre los riscos y las nubes. Aguardas un momento y adviertes un cosquilleo en la yema de los dedos, como si algo te llevara. El perro ladra dos veces. Consultas la hora. Pones la mano en la llave del interruptor y escuchas el tintineo del llavero. La giras. La marcha mueve los piñones y engranes con un rechinido saludable. El motor tiembla, una banda chirría un poco. Queda a tus pies el caballaje ronroneando de la máquina dos sesenta y dos Vortec uve seis.

AGRADECIMIENTOS

Agradezco enormemente a los colegas y amigos que revisaron esta novela cuando estaba formándose. En particular a los miembros del taller La Funeraria: Hugo Valdés y Ramón López Castro. Así como a Rodrigo Guajardo, Édgar Favela, Gabriela Cantú Westendarp y Antonio Ramos Revillas.

Debo también gratitud a las lecturas del equipo de VF Agencia Literaria: Verónica Flores, Ana Karen Larios y Marina González.

Finalmente, pero no menos importante, la atenta y valiosa lectura de Eloísa Nava, que dio tantos remates y texturas al texto final, llevándolo a su máxima expresión.

Esta historia y obsesión mía, mejoró con cada uno de sus comentarios. Más literatura y amistad. *To all my friends!*

MAPA DE LAS LENGUAS UN MAPA SIN FRONTERAS 2023

RANDOM HOUSE / CHILE
Otro tipo de música
Colombina Parra

RANDOM HOUSE / ARGENTINA
Derroche
María Sonia Cristoff

RANDOM HOUSE / ESPAÑA
La bajamar
Aroa Moreno Durán

ALFAGUARA / ARGENTINA
Miramar
Gloria Peirano

RANDOM HOUSE / COLOMBIA
Cartas abiertas
Juan Esteban Constaín

ALFAGUARA / MÉXICO
La cabeza de mi padre
Alma Delia Murillo

RANDOM HOUSE / PERÚ
Quiénes somos ahora
Katya Adaui

ALFAGUARA / ESPAÑA
Las herederas
Aixa de la Cruz

RANDOM HOUSE / MÉXICO
El corredor o las almas que lleva el diablo
Alejandro Vázquez Ortiz

ALFAGUARA / COLOMBIA
Recuerdos del río volador
Daniel Ferreira

RANDOM HOUSE / URUGUAY
Un pianista de provincias
Ramiro Sanchiz